그림자

백 의

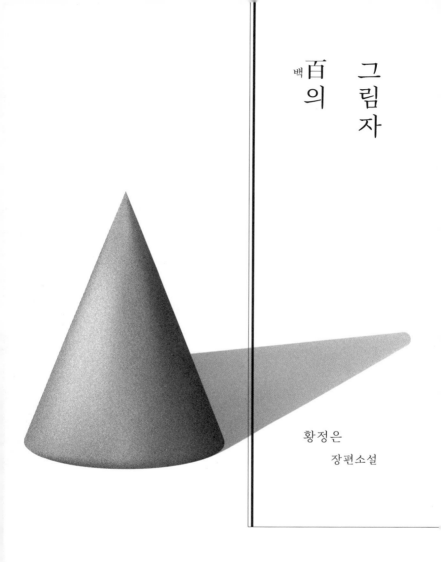

그림자

百의

백

황정은
장편소설

창비

차례

숲

숲에서 그림자를 보았다.

처음엔 그림자라는 것을 알지 못했다. 덤불을 벌리고 들어가는 모습을 보고 저쪽도 길인가 싶고 뒷모습이 낯익기도 해서 따라 들어갔다. 들어갈수록 숲은 깊어지는데 자꾸 들어갈수록 뒷모습에 이끌려서 자꾸자꾸 들어갔다.

은교씨.

하고 부르는 소리에 문득 뒤를 돌아보았더니 무재씨가 서 있었다. 어디 가요, 하고 그가 물었다.

그냥 가는데요.

어디를요.

따라가고 있었거든요.

누구를요.

저 사람을, 하면서 앞을 보니 그 사람은 이미 사라지고 없었다. 무재씨가 나뭇가지를 젖히고 이쪽으로 다가오며 어떤 사람이었느냐고 물었다. 대답을 하려고 보니 딱히 인상이랄 것이 없는 뒷모습이었다는 생각이 들어서, 머리가 작았고 어깨가 좁았고 가무잡잡했다고 말했다.

은교씨처럼?

네.

나처럼, 하고 대답한 순간 어, 싶었다. 발을 내려다보니 부드러운 흙에 박힌 솔방울이며 마른 솔잎을 밟고 선 내 발의 윤곽이 어색했다. 오른쪽 새끼발가락 쪽으로 모여 가늘고 가늘게 늘어난 그림자가 덤불을 넘어 어디론가 뻗어 있었다.

그림자로구나.

그때 알았다.

*

그림자 같은 건 따라가지 마세요.

10

라고 말하는 무재씨의 모습이 어쩐지 부옇다고 생각해서 눈에 힘을 주고 바라보니 거미줄처럼 가느다란 여우비가 내리고 있었다. 가만히 서 있자 눈꺼풀이 젖어서 묵직해졌다. 아래쪽으로 늘어진 열개의 손가락 끝에 물방울이 맺혔다. 입술에 고인 빗물의 맛이 짰다. 맥이 탁 풀린 채로 얼마간 서 있었다.

돌아갈까요?

라며 돌아서는 무재씨를 따라서 서벅서벅 사박사박 풀을 헤치며 나아갔다. 거기까지 어떻게 걸어왔나 싶을 만큼 덤불이 우거져 있었다. 젖어서 더 질긴 듯한 풀과 나뭇가지를 젖히며 앞으로 나아갔다. 바지와 셔츠가 은근하게 젖었다. 눈썹에 고였다가 눈으로 흘러드는 빗물을 훔치느라고 눈을 비볐다.

울어요?

울지 않는데요.

이러면서 한참 걸었는데도 방향 모를 숲속이었다.

어쩌죠.

무재씨가 걸음을 멈추고 길을 잃은 것 같다고 말했다.

계속 걸을까요?

그럴 수밖에 없을 것 같은데요.

일단 걸어봅시다.

비를 맞아 부풀어오른 숲의 표층은 매우 미끄러웠다. 다리가 쓰라려서 내려다보니 풀에 베인 상처투성이였다. 가장 길게 베인 상처는 풀 즙이 묻어서 새파란 빛깔을 띠고 있었다. 다리에 상처가 있다고 생각하자 움직일 때마다 쓰라렸다. 한번은 왼쪽으로 한번은 오른쪽으로, 그림자를 한없이 길게 늘어뜨린 채로 걷고 있자니 발을 떼어놓는 것마저 힘들게 여겨졌다. 잘 걷지 못하고 자주 멈춰 서는 것을 보고 무재씨가 다가와서 상처를 들여다보았다.

무재씨, 춥네요.

가만히 서 있어서 그래요.

죽겠다.

죽겠다니요.

그냥 죽겠다고요.

입버릇인가요.

죽을 것 같으니까요.

무재씨가 소매로 풀 즙을 닦아내고 똑바로 서서 나를 바라보았다.

그러면 죽을까요?

여기서,라고 너무도 고요하게 말하는 바람에 나는 겁을 먹었다. 새삼스럽게 무재씨를 바라보았다. 나보다 조금 키가 커서 내 눈높이보다 한뼘 반 정도 위쪽에서 나를 내려다보고 있었다. 검은 눈이었다. 평소엔 좀 헝클어진 듯 부풀어 있던 머리털이 빗물에 젖어서 차분하게 가라 앉아 있었다. 은교씨, 하고 무재씨가 말했다.

정말로 죽을 생각이 아니라면 아무렇게나 죽겠다고 말하지는 말아요.

네.

그러면 계속 걷죠,라면서 앞서 걷는 무재씨를 따라서 걸었다. 눈물이 솟았다. 무재씨처럼 매정한 사람은 먼저 가도록 내버려두고 나는 나대로 움직이고 싶었지만 이 숲에서, 그림자마저 일어난 처지에 그럴 수도 없어서 눈을 닦으며 걸었다.

울어요?

울지 않는데요.

이런 대화를 나누며 걷는 동안 공기가 문득 가벼워졌다.

무재씨가 멈춰 서서 하늘을 향해 손바닥을 펼쳤다.

비가 멈췄네요.

네.

껌 씹을래요?

네.

무재씨가 주머니에서 구부러진 껌 하나를 꺼내더니 반으로 찢어서 내밀었다. 조금 젖은 듯한 두겹의 포장지를 벗기고 청포도 맛이 난다는 껌을 입에 넣었다. 다디달아서 턱이 얼얼해질 정도로 침이 고였다. 포장지를 잘 접어서 주머니에 넣고 껌을 씹어가며 부지런히 걸었다. 젖은 발로 바닥을 밀어낼 때마다 깊은 냉기가 올라왔다. 이 숲 어딘가에서 이토록 깊은 냉기의 일부로 녹아버린다는 것에 관해서 생각했다. 부엽토 위로 힘줄처럼 드러난 나무뿌리 부근에 동그란 버섯이 자라고 있었다. 무재씨, 하고 내가 말했다.

우리 여기서 나갈 수 있을까요.

글쎄요.

나가지 못하면 어떻게 되는 걸까요.

죽지 않을까요.

죽나요.

어디서든 언젠가는 죽겠지만 나가지 못한다면 나가지
못한 채로 죽겠죠.

무서워요.

무서워요?

무섭지 않아요?

무서워요.

무서워요?

네.

성큼성큼 걸어가며 무재씨가 말했다.

무서워요, 나도.

한동안 말없이 걸었다. 비는 그쳤지만 비를 먹은 숲이
뿜어내는 습기로 숨이 막혔다. 부지런히 몸을 움직이며
걷는데도 배가 차가워서 이대로 날이 저물면 어쩌나, 생
각했다. 무재씨, 하고 내가 말했다. 무재씨, 하고 한번 더
불렀다.

얘기 좀 해주세요.

무슨 얘기요.

아무거나.

아는 이야기가 없어요.

하나만 해주세요.

음, 하고 무재씨가 말했다.

그림자 이야기를 할까요.

왜 하필 그림자.

분위기도 그렇고.

그림자 이야기는 싫은데요.

아는 이야기라고는 그게 전부예요.

그러면 해주세요.

할까요.

해주세요.

음, 하고 무재씨가 말했다.

*

소년이 살았어요.

네.

소년의 이름은 무재.

무재씨.

네.

그건 무재씨의 이야기인가요?

무재의 얘기죠.

무재씨 본인의 이야기?

무재의 이야기라니까요. 계속할까요?

네.

소년 무재가 살았습니다. 무재의 식구들은 그림 한점 없
는 커다란 방에서 살았습니다. 식구는 아홉이었습니다.
어머니와 아버지가 있었고 누나가 여섯이었습니다.

여섯이나 되나요?

무재가 일곱번째로 막내입니다.

많군요.

많은가요.

왜 그렇게 많을까요.

그건 말이죠, 하고 무재씨가 말했다.

많은 게 좋아서.

많은 게 좋은가요?

많아서 좋은 일도 있죠.

좋지 않은 일도 있지 않을까요, 많아서.

라고 말하자 무재씨가 웃었다.

그러네요.

그래서 어떻게 되나요.

소년 무재의 부모는 개연적으로, 빚을 집니다.

개연이요?

필연이라고 해도 좋고요.

빚을 지는 것이 어째서 필연이 되나요?

빚을 지지 않고 살 수 있나요.

그런 것 없이 사는 사람도 있잖아요.

글쎄요, 하고 무재씨가 나무뿌리를 잡고 비탈을 내려가
느라고 잠시 말을 쉬었다가 다시 말했다.

그런 것 없이 사는 사람이라고 자칭하고 다니는 사람을
나는 별로 좋아하지 않아요. 조금 난폭하게 말하자면 누
구의 배腹도 빌리지 않고 어느 날 숲에서 솟아나 공산품
이라고는 일절 사용하지 않고 알몸으로 사는 경우가 아
니고서야, 자신은 아무래도 빚이 없다고 말하는 사람은
뻔뻔한 거라고 나는 생각하고 있어요.

공산품이 나쁜가요?

그런 이야기가 아니고요, 공산품이란 각종의 물질과 화학약품을 사용해서 만들어내는 것이라 여러가지 사정이 생길 수 있잖아요? 강이 더러워진다든지, 대금이 너무 저렴하게 지불되는 노동력이라든지. 하다못해 양말 한켤레를 싸게 사도, 그 값싼 물건에 대한 빚이 어딘가에서 발생한다는 이야기예요.

그렇군요.

어쨌든 소년 무재의 부모가 빚을 집니다.

네.

이 경우엔 다른 사람의 종이에 이름을 적어준 대가로 얻은 빚입니다. 빚의 규모가 너무 커서 빚보다는 빚의 이자를 갚느라고 힘든 노동을 하는 와중에 아홉 식구의 생활비도 버는 생활을 하다가 소년 무재의 아버지의 그림자가 끝끝내 일어서고 말았다는 이야기입니다. 어느 비오는 금요일 밤이었습니다. 소년 무재는 마루 끝에 앉아서 빗물이 좁은 마당으로 떨어져서 바닥을 오목하게 뚫어놓는 것을 바라보고 있었습니다. 그때 소년 무재의 아버지가 구두에 진흙을 잔뜩 묻힌 모습을 하고 마당으로 들어옵니다. 소년 무재는 아버지에게 인사를 건네지만 그는 창백한 얼굴로 다만 소년 무재를 바라보고 있다가 방으로 들어가서 눕습니다. 누가 말을 걸어도 뭐라 말하지 않고 밤이 될 때까지 천장을 바라보며 누워 있던 그는 이내, 그림자가 일어섰다고 말합니다. 선술집 앞에서 우산을 펼치다가 그도 모르는 틈에 일어선 그림자를 목격하고 말았다는 것이었습니다. 그림자를, 하고 어머니가 두려움에 질려서 숨을 들이마시고 말하는 것을 소년 무재는 듣습니다. 그림자가 일어서고 말았다니 그래서 그림자를 따라갔나요, 당신, 그림자를 따라갔나요,라고 그녀가 떨리는 목소리로 묻자 소년 무재의 아버지는 고개를 끄덕입니다. 얼마나, 얼마나 따라갔나요,라고 소년 무재의 어머니가 묻자 그는 조금 따라갔어, 아주 조금만 따라갔어,라고 대답합니다. 소년 무재의 어머니는 자식들을 향해 돌아앉아서 눈물을 닦습니다. 소년 무재의 아버지가 그녀를 돌아보며 말했습니다. 당신 그렇게 울지 말아요, 조심할게요. 조심할 건가요. 다음번에 일어서더라도 깊이 따라가지는 않도록 조심할게요. 깊거나 말거나 따라가지를 말아야죠, 애초에 따라가지를 말아야죠. 따라가지 않을게요. 약속해줄 건가요. 약속할게요, 이렇게 약속할게요,라고 말했지만 그날 이후로 소년 무재의 아버지는 아무래도 남몰래 그림자를 따라가거나 하는 듯 별로 먹지도 않고 말하지도 않으면서 나날이 핼쑥해지는 것이었습니다. 어딘가에서 다름없는 자신의 모습을 목격했다면 그것은 그림자, 그림자라는 것은 한 번 일어서기 시작하면 참으로 집요하기 때문에 그 몸은 만사 끝장, 일단 일어선 그림자를 따라가지 않고는 배겨낼 수가 없으니 살 수가 없다,는 등의 이야기를 아무 곳에서나 불쑥 말하곤 하다가 그는 귀신 같은 모습이 되어 죽고 맙니다.

죽나요.

죽어요.

그렇게 간단하게.

간단하게 죽기도 하는 거예요, 사람은.

……내 그림자도 그토록 위협적인 것일까요?

글쎄요,라고 말하는 무재씨로부터 너무 떨어지지 않도록 부지런히 걸으며 나는 말했다.

나는 어떻게 되는 걸까요, 무재씨, 죽는 걸까요, 간단하게.

따라가지 말아요.

무재씨가 문득 나를 향해 돌아서서 말했다.

그림자가 일어서더라도, 따라가지 않도록 조심하면 되는 거예요.

*

계속 걸었다.

이따금 발밑에서 축축한 뼈가 부러지는 소리를 내며 나뭇가지가 부러졌다.

무재씨, 하고 내가 말했다.

그런데요, 많으면 좋을까요.

좋지 않을까요.

좋을까요.

좋으니까 아이를 몇이나 낳는 부부도 있는 거고 앰프를 몇대나 가진 사람도 있는 거고.

글쎄 좋을지.

궁금해요?

그냥 궁금해서요.

여기서 나가면 확인해볼까요.

나갈 수 있을까요.

언제까지고 숲이 이어져 있는 것은 아니니까요.

나는 좋아하는 사람하고 알아보고 싶은데요.

좋아하면 되지요.

누구를요.

나를요.

글쎄요.

나는 좋아합니다.

누구를요.

은교씨를요.

농담하지 말아요.

아니요. 좋아해요. 은교씨를 좋아합니다.

그런 대화를 나누면서 부지런히 걸어서 축사에 다다랐다. 해가 거의 저문 무렵이었다.

봐요, 하고 무재씨가 가리키는 방향을 돌아보니 어느 틈엔가 본래대로 돌아온 그림자가 무재씨의 그림자와 더불어 방금 빠져나온 숲을 향해 늘어져 있었다.

축사 안에서 사슴 두마리가 사람의 기척을 듣고 구석으

로 달아났다. 초식동물의 털과 배설물 냄새를 맡으며 축사를 끼고 돌아 앞마당으로 나섰다. 처마 끝에 전구를 매달아두고 밥을 먹고 있던 부부가 우리를 바라보았다. 이왕 날이 저물었으므로 그날 밤은 그 집에서 신세를 지기로 이야기가 되었다. 세수를 하고 그들이 내준 옷으로 갈아입고 데친 뽕잎으로 싼 밥도 얻어먹었다. 밥을 먹는 동안 밤이 되었다. 자신을 그냥 농부라고 말하는 남자가 그 마을의 이름과 대강의 위치를 알려주었다. 마을이라고는 해도 주변 몇 킬로미터 이내에 집이라곤 그 집 하나뿐이라며 아침이 되면 트럭으로 버스를 탈 수 있는 곳까지 데려다주겠다고 그가 말했다. 고맙습니다, 무재씨와 내가 말했다. 두툼한 나방 한마리가 머리 위에서 비틀거렸다가 전구에 날개를 비볐다가 하며 날아다녔다.

은교씨.

쌀겨가 들어간 납작한 베개를 옆구리에 끼고 서서 무재씨가 말했다.

아침에 봐요.

남자들이 옆방으로 건너간 뒤 농부의 아내와 둘이서 잠자리를 준비했다. 두런거리는 말소리가 들리는 것을 보

니 벽이 무척 얇은 듯했다. 농부의 아내가 불을 끄자 문
득 눈앞이 닫힌 것처럼 어두워졌다. 아무것도 보이지 않
았다. 시간이 조금 지나도 마찬가지였다. 손을 들어올려
서 얼굴 쪽으로 천천히 내려보아도 그 손이 보이지 않
았다. 농부의 아내가 조그맣게 코를 골았다. 베갯잇에서
지푸라기를 태운 듯한 냄새가 났다. 후우우, 후우우, 하
고 바깥에서 부엉이가 울었다.

무재씨, 하고 작게 불러보았다.

부엉이가 있네요.

들리지 않는지 이미 잠들었는지 벽 너머에선 아무런 대
답이 없었다.

부엉이가 우네요.

라고 말해놓고 한치 앞도 보이지 않는 어둠 속에서 눈을
의심하며 가만히 누워 있었다.

가마와 가마와 가마는 아닌 것

전철역에서 무재씨와 헤어져서 정오쯤 집 부근에 당도했다. 햇빛이 쨍쨍한 길을 터벅터벅 걸어갔다. 짙고 짤막한 그림자가 계란 반숙처럼 약간 오른쪽을 향해 퍼진 채로 몸의 움직임을 따라 움직이고 있었다. 이 그림자가 일어서는 일도 있다고 생각하니 낯익은 상점들 앞을 지나쳐 낯익은 골목으로 들어섰는데도 조금도 낯익지 않은 듯한 기분이 들었다. 모퉁이를 돌아 어느 집 창 앞을 지날 때 텔레비전 소리가 들려왔다. 배구 경기를 중계 중인 듯 스파이크,라고 강하게 발음하는 말이 들려왔는데 사람의 목소리라기보다는 전자적 잡음에 가까웠다. 스파이크, 스파크, 스파이크,라고 말해보며 또다른 모퉁이를 돌았다. 스파이크,라는 소리를 듣다니 이것은 정말, 하고 생각한 뒤 그다음 내용을 전혀 떠올리지 못한 채로 주머니에 손을 넣었다. 종이 조각의 모서리가 손가락을 찔렀다. 꺼내고 보니 숲에서 무재씨에게 건네받은 껌 포장지를 접은 것이었다. 엄지에 힘을 주자 바싹 마른 귀처럼 바스락거리며 접혔다.

문에 달라붙은 피자며 치킨 광고지를 떼어내고 집으로 들어갔다. 하루 집을 비웠는데도 아무런 일이 없었다. 흙냄새가 밴 옷을 벗어두고 수건을 챙겨서 욕실의 불을 켜고 들어갔다. 높은 천장에 달린 알전구 아래서 고개를 숙이고 그림자를 내려다보았다. 알전구 불빛과 타일바닥에서는 조금 더 크고 묽어 보이는군, 하고 생각하며 왼발을 바닥에서 떼보았다. 왼발을 내리고 오른발을 떼보았다. 오른발을 내리고 다시 한번 왼발을 뗐다가 두 발을 모두 떼려고 풀쩍 뛰어보았다. 조금 더 묽고 넓게 번졌다가 바닥에 발을 내리자 틀림없이 발에 닿았다. 맨발로 두어차례 풀쩍풀쩍 뛰어보다가 알전구를 올려다보다가 뜨거운 물을 틀고 머리를 감았다. 거품이 흘러내린 눈을 닦으며, 숲에서 나라는 것이 그림자에 이끌려 영영 돌아오지 못했다고 해도 누군가는 이 집 문에 전단지를 붙이고 피자는 팔리고, 하고 생각했다. 방으로 돌아가서는 이불로 배를 덮고 누웠다. 오후가 되어서 무더웠는데도 발가락이 싸늘했다. 발을 북쪽에 두고 누웠기 때문인가 싶어서 발을 동쪽으로 머리를 서쪽으로 조금 움직여보았다. 그렇게 누운 방향이 익숙하지 않아 다시 움직였다가 또다시 움직였다. 움직이길 계속하다보니 본래 누웠던 방향으로 돌아와서도 어딘가 익숙지 않았다. 나침반의 바늘처럼 허리 부근에서 몸이 들린 채로 부들부들 흔들리는 듯한 기분이 들었다. 얼핏 잠들었다가 깼다가 하면서 두서없이 이것저것을 생각했다.

나는 도심에 있는 전자상가에서 일하고 있다. 가동과 나동과 다동과 라동과 마동으로 구별되는 상가는 본래 분리된 다섯개의 건물이었으나 사십여년이 흐르는 동안 여기저기 개축되어서 어디가 어떻게 이어졌는지 얼핏 봐서는 알 수 없는 구조로 되어 있었다. 무재씨와 나는 그 건물 속에서 만났다. 나는 여씨 아저씨의 수리실에서 접수와 심부름을 맡고 있었고 무재씨는 트랜스를 만드는 공방의 견습공으로 일하고 있었다. 어느 날 구리를 새로 감아야 하는 낡은 트랜스를 가지고 공방으로 내려갔더니 그 비좁은 공간에 무재씨가 있었다. 구리선이 감긴 물레를 돌리고 있는 공씨 아저씨 곁에서 팔 토시를 끼고 앞치마를 두른 모습으로 서 있었다. 헌 트랜스를 건네주자 그 무거운 것을 한 손으로 받아서 구리선이 쌓인 탁자에 내려놓고 전화번호와 상호를 받아 적었다. 필체가 매우 아름다웠다는 것 말고는 인상이랄 것이 없는 사람이었다. 오랫동안 공방을 드나들거나 상가 건물을 오르내리며 몇차례 보았는데도 특별한 느낌은 들지 않았다.

월요일에 보자며 헤어졌으니 월요일에 출근하면 무재씨를 보는 걸까, 하고 생각하며 꾸벅꾸벅 졸았다. 흠칫 놀라서 눈을 떴을 때는 해질 무렵이었다. 석양이 방 안에 가득했다. 도시락이 담긴 가방을 숲에 남겨두고 온 것을 알았다.

*

그림자가 일어났다고 말하자 여씨 아저씨는 눈을 굴렸다.

여씨 아저씨는 등받이 없는 의자에 앉아서 오른손엔 오실로스코프에 연결된 바늘을 쥐고 있었다. 흰 머리가 다소 섞여서 잿빛으로 보이는 머리털로 수북하게 덮인 이마 쪽으로, 한번 두번 눈을 굴리고 있다가 나를 바라보며 말했다.

그래서 어떻게 했나.

따라갔어요,라고 나는 대답했다.

따라갔나.

조금 따라갔어요.

따라가지 말았어야지.

그러지 않으려고요.

암.

하고 말해놓고 여씨 아저씨는 오실로스코프 바늘을 기판에 가져다대고 모니터를 들여다보았다. 손바닥만 한 모니터 속에서 수평으로 흐르고 있던 녹색 띠가 구불구불한 파형을 그렸다.

그림자란 참.

하고 말한 뒤로는 다른 말은 하지 않고 한동안 모니터를 골똘히 들여다보았다. 생각에 잠겨 있나 싶으면 기판에서 바늘을 떼어 조금 옮겨보기도 하고, 작업에 집중하고 있나 싶으면 그림자라는 것은 말이지,라고 불쑥 말하는 둥 애매한 상태로 무언가에 집중하고 있다가 조금 뒤 말했다.

그래서 그림자를 따라가는 기분이 어땠나.

나쁘지 않았어요.

자꾸 따라가게 되던데요,라고 말하자 그렇지,라는 듯 여씨 아저씨는 고개를 끄덕였다.

그게 무서운 거지, 그림자가 당기는 대로 맥없이 따라가다보면 왠지 홀가분하고, 맹하니 좋거든, 좋아서 자꾸 따라가다가 당하는 거야, 사람이 자꾸 맥을 놓고 있다보면 맹추가 되니까, 가장 맹추일 때를 노려 덮치는 거야,라고 말해두고 그때까지 쥐고 있던 오실로스코프 바늘을 가만히 작업대 위에 내려놓았다.

두고 봐, 이제 자란다.

앗. 자라나요?

자라지.

그러면 어떻게 되나요.

짙어져. 인력이랄까, 그런 것이.

아.

너무 걱정하지는 마라. 여우에게 물려가도 정신만 바짝 차리면 살 수 있다고 하잖아.

……호랑이가 아니고요?

호랑이라니.

호랑이에게 물려가도 정신만 바짝 차리면 살 수 있다.

호랑이고 여우고 간에,라면서 여씨 아저씨는 반구 형태의 양철 갓이 달린 전등을 기판 쪽으로 바짝 밀며 말했다. 이빨 있는 거 앞에서는 좌우지간 정신을 바짝 차려야 한다는 말이야.

*

그림자에 이빨이 있나요?

이빨 달린 것에 붙은 놈이니 당연히 있지 않겠어?

그게 일어서고 보면 역시 그림자라 상당히 닮았고 말이지,라는 말을 듣고 있을 때 점심으로 주문한 도시락이 배달되었다. 여씨 아저씨는 입맛이 없다며 도시락을 치

위두었다. 혼자서 도시락을 먹고, 얼음이나 먹자는 여씨 아저씨의 심부름으로 빙수를 사러 수리실을 나섰다. 수리실은 가, 나, 다, 라, 마, 다섯개의 건물 중 나동에 자리를 잡고 있었다. 북쪽의 가동을 선두로 봤을 때 두번째 건물이었다. 여러달째 비어 있는 가게가 여덟개 건너 하나씩이라 쇠락해가는 분위기를 감출 수 없었지만 다섯개의 건물 중 그나마 사람의 왕래가 많은 곳이었다. 일년 내내 그늘져 있어 어둑어둑한 주차공간을 향하고 있는 일층에서는 난로나 선풍기나 라디오 같은 소형가전을 팔았고, 이층부터 사층까지는 전자기기에 사용되는 부품과 음향기기와 빗자루며 대걸레 같은 생활용품을 파는 협소한 가게들이 과연 팔릴까 싶은 분위기로 어떻게든 장사를 이어가고 있었으며, 수리실이 문을 열어둔 오층에서는 다른 층보다는 조금 폐쇄적인 분위기로 창고며 보석감정원이며 무선연구실이며 무엇을 연구하는지 알 수는 없지만 하여간 연구를 겸하며 도청을 하는 수상쩍은 사무실들이 영업을 하고 있었다.

무거운 짐에 쓸리고 닳아 모서리가 뭉툭해진 계단을 내려가고 있을 때, 부르는 소리를 듣고 돌아보니 팔 토시

를 끼고 작업용 앞치마를 두른 무재씨가 바로 뒤에서 계
단을 내려오고 있었다.

은교씨는 가마가 두개네요.

알아요.

본 적 있어요?

아니요.

본 적 없어요?

없어요.

볼 일이 없어서,라고 대답하며 가마라는 것은 보려는 노
력이 없으면 볼 수 없는 것 아닌가요,라고 물으려는데,
유감이네요,라고 무재씨가 말했다.

은교씨의 가마, 재미있는 모양을 하고 있는데.

가마에 모양이 있나요?

있어요.

라면서 무재씨는 계단을 마저 내려와서 내 앞에 섰다.
무재씨가 내 눈을 들여다보았다. 눈을 돌리면 이상할 것
같아서 마주 바라보았다. 보다보니 그것도 이상했지만
이제 와 다른 곳으로 돌릴 수도 없어서 계속 들여다보았
다. 무재씨는 아무 말 없이 웃고 있었다.

왜 웃어요.

안 웃었는데요.

웃는데요.

점심 먹었어요?

아니요.

먹었는데도 그런 대답을 해놓고 당황해서 얼굴을 붉히고 서 있다가 그러면 밥을 먹으러 가자는 무재씨를 따라서 다시 계단을 내려가기 시작했다. 일층에서 주차장을 건너서 상가건물 주변으로 나뭇가지처럼 뻗은 골목으로 들어섰다. 각종의 공구를 파는 상점들과 케이블 상점 앞을 지나서, 시계를 고치고 파는 상점들이 죽 늘어선 좁다란 길로 들어섰다. 가게 앞에 진열대를 놓아두고 신문을 읽던 남자들이 우리가 지나가는 것을 빤히 바라보았다. 아무 말 없이 무재씨의 뒤를 따라가기만 하는 것도 이상해서 이것저것 띄엄띄엄 말하는 중에 토요일 단합소풍에 관한 이야기도 나왔다.

마흔여섯명이었대요.

뭐가요?

산에서요. 여씨 아저씨가 그러는데 산에서 내려가려고

인원 확인을 했을 때, 틀림없이 마흔여섯명이었대요.

그랬대요?

애초의 마흔여섯명에서 하나도 빠지지 않은 마흔여섯명이라서, 누군가 숲에 남았다는 것을 몰랐다고 하던데요. 무재씨, 두명을 누군가 대신했다는 이야기잖아요.

그렇게 되나요.

그림자였을까요?

글쎄요.

누군가 잘못 셌을 수도 있고,라면서 무재씨는 시계 상점들 사이로 쑥 들어갔다. 또다른 골목인 줄 알았는데 들어서고 보니 오래된 면옥의 입구였다. 무재씨는 면옥 안쪽에 자리를 잡고 토시를 벗어서 돌돌 만 다음 탁자에 내려놓았다. 점원이 육수가 담긴 뜨거운 주전자를 두고 갔다. 무재씨가 컵에 육수를 따라서 내주었다. 짭짤하고 고소했다. 이 집은 냉면하고 갈비탕이 맛있어요,라고 해서 갈비탕을 먹겠다고 대답했다. 막상 갈비탕을 받고 보니 너무 뜨거워서, 찬 음식을 주문했으면 좋았겠다고 생각했다. 무재씨는 땀 한방울 흘리지 않으면서 냉면을 먹고 있는데 나는 땀을 닦아가며 갈비탕을 먹었다. 무재씨가 면을 물기 위해서 머리를 숙일 때마다 정수리 부근에 야무지게 말려 있는 가마가 들여다보였다.

가마가 말인데요, 하고 내가 말했다.

열명을 세워두고 자기에게 가마가 있는지 아는 사람, 하고 물어보면 몇이나 손을 들까요.

음, 하고 무재씨가 말했다.

한명이나 두명쯤은 손을 들지 않을지도 모르죠.

전부 손을 들 수도 있잖아요.

그럴 수도 있고요.

그럼 가마가 있는지 아는 사람 중에 자기 가마를 유심히 본 적 있는 사람, 하고 물어보면 몇명이나 손을 들까요.

글쎄요.

무재씨, 나는 가마는 그냥 가마라고 생각했지 거기에 모양이 있을 수 있다고는 생각해본 적이 없었거든요.

가마는 가마지만 도무지 가마는 아닌 가마인가요.

무슨 말이에요?

해보세요, 가마.

가마.

가마.

가마.

가마.

이상하네요.

가마.

가마,라고 말할수록 이 가마가 그 가마가 아닌 것 같은데요.

그렇죠. 가마.

가마.

가마가 말이죠,라고 무재씨가 말했다.

전부 다르게 생겼대요. 언젠가 책에서 봤는데 사람마다 다르게 생겼대요.

그렇대요?

그런데도 그걸 전부 가마,라고 부르니까, 편리하기는 해도, 가마의 처지로 보자면 상당한 폭력인 거죠.

가마의 처지요?

가마의 처지로 보자면요, 뭐야, 저 '가마'라는 녀석은 애초에 나와는 닮은 구석도 없는데, 하고. 그러니까 자꾸 말할수록 들켜서 이상해지는 게 아닐까요.

그런가요.

가마.

가마.

가마.

어렵다.

어렵죠.

가마.

가마, 가마, 하면서 탁자 모서리에 달라붙은 마른 파를 바라보았다. 가마는 가마지만 도무지 가마는 아닌 가마라면 가마란 대체 무엇일까, 하고 생각하는 틈에 살짝 어리둥절해졌다. 어리둥절해진 채로 앉아 있었다. 은교씨는요, 하고 무재씨가 젓가락으로 계란을 자르며 말했다. 은교씨는 갈비탕 좋아하나요.

좋아해요.

나는 냉면을 좋아합니다.

그런가요.

또 무엇을 좋아하나요.

이것저것 좋아하는데요.

어떤 것이요.

그냥 이것저것을.

나는 쇄골이 반듯한 사람이 좋습니다.

그렇군요.

좋아합니다.

쇄골을요?

은교씨를요.

……나는 쇄골이 하나도 반듯하지 않은데요.

반듯하지 않아도 좋으니까 좋은 거지요.

그렇게 되나요.

계란 먹을래요?

네.

무재씨는 반으로 자른 계란을 집어서 내 그릇에 넣어주
고 나머지 반쪽을 입에 넣었다. 멀리 떨어진 면옥의 벽
에 걸린 거울을 보니 무재씨의 맞은편에서 나는 얼굴을
매우 붉히며 앉아 있었다. 왜 그렇게 땀을 흘리느냐고
무재씨가 물었다. 탕이 너무 뜨거워서,라고 말하며 나는
냅킨으로 땀이 밴 이마를 눌렀다.

*

여씨 아저씨는 단팥과 얼음이 잘 섞이도록 수저로 빙수를 비비며 말했다.

은교는 팥 맛을 아나.

팥은 달아서 잘 먹지 못해요.

별로 달지 않아.

팥이 말이지,라면서 여씨 아저씨는 빙수를 한 수저 먹느라고 잠깐 말을 쉬었다가 다시 말했다.

젊었을 때는 나도 팥을 별로 좋아하지 않았어. 그런데 이게 나이가 들수록 점점 당긴다고나 할까, 맛이 오묘하잖아. 달다면 달고 담백하다면 담백하고 맵다면 맵고 고소하다면 고소한 와중에 어딘지 씁쓸한 맛도 있단 말이야. 여름에 무더울 땐 얼음에 팥, 겨울에 등과 배가 싸늘할 땐 찹쌀을 넣고 끓인 팥, 하고 생각이 난단 말이지. 기왕에 팥이라고 이야기가 나왔으니 말인데 팥을 무진장 좋아하는 친구가 하나 있었어요. 조그만 저항공장을 가지고 있던 친구였어. 이 친구가 자기는 못 배운 것이 한이라며 자식들하고 부인을 미국으로 보내놓고 뒷바라지를 하고 있었거든. 미국 뭐라더라 하는 지역의 사립 학교에 자식들을 입학시켜놓았으니 교육비며 생활비며 비용이 만만치 않았겠지. 아니 그 화폐가치라는 것도 있 잖아. 여기서 번다고 벌어도 뭐 열배는 차이가 나니까 그게 감당이 되나. 공장 돌리는 일 말고도 이것저것 잡 일도 하는 눈치였어. 명색이 공장장인데 자가용도 굴리 지 않고 말이지. 내가 그 친구 만날 때마다 식구들하고 떨어져서 그게 웬 지랄이냐고 물어도 하하, 웃기만 해. 비행기 삯도 간단치 않으니까 일년에 한번, 크게 마음을 먹으면 두번, 연말이나 추석 정도나 되어야 거길 다녀오 는 눈치였어.

여기까지 말해두고 여씨 아저씨는 한동안 빙수를 씹고 있다가 말했다.

하루는 말이지 그때가 신년이 되고 얼마 되지 않은 날이 었는데 자정이 넘어서 나는 이 작업실에서 작업을 하고 있었거든. 사나흘 전에 진공관 들어온 게 있었는데 이 게 증상이 간단하지가 않아서 그 시간까지 씨름을 하던 중이었어. 그런데 이 친구가 자네 있나, 아직 있나, 하면 서 문을 열고 들어온 거야. 그 시간에 어디서 샀는지 뜨거운 팥죽을 두사발 싸들고 와서 말이지. 먹자고 하기에 먹었지. 먹으면서 그래 연말엔 거기 다녀왔나,라고 물었더니 다녀왔대. 그러면서 들려준 이야기가 이거야. 거긴 넓다, 땅도 넓고 집도 넓다, 애들은 더 컸다, 많이 커서 이제는 사춘기다, 장녀인 제니가 열다섯살이다, 하루는 제니 친구들이 집으로 놀러왔더라, 하이, 나이스 투 미트 유, 하고 제니 친구들에게 인사를 건넸더니 제니가 새침해가지고 친구들을 곧장 자기 방으로 데리고 올라가더라, 그러더니 친구들이 모두 돌아가고 나서 이렇게 말했다는 거였어. 아빠, 내 친구들이 있을 때는 아무것도 말하지 말아줬으면 좋겠어. 아빠의 영어 발음이 이상해서 친구들에게 창피하다고 했다는 거였어. 그 친구는 처음엔 어리둥절했고 조금 뒤엔 웃었고 나중엔 그게 자꾸 생각이 나더래. 그래서 제니를 불러다 소파에 앉혀놓고 고생하며 사는 아빠에게 네가 그러면 안 된다고 꾸중을 했더니 제니가 그러더라는 거야. 피해자인 척하지 마라, 네가 원했지 나는 이걸 원하지도 않았다, 너에겐 이렇게 훈계를 늘어놓을 자격이 없다, 아빠라지만, 개똥, 네가 항상 곁에 있어주는 것도 아니잖아,라고 말이지.

영어로 하던가.

라고 물으니 영어로 했다고 이게 미련하게 고개를 끄덕여.

그걸 전부 알아들었나.

라고 물었더니 뭐 눈치로 알아들었다나.

내가 참 속이 상해서 성질이 나는데 티낼 수는 없어서 팥죽만 꾸역꾸역 먹으면서 그래 그 얘기 하려고 왔나, 했더니 두 손으로 얼굴을 쓱쓱 비비는 거야. 아니 그건 아니라면서 요즘 그림자가 일어서,라는 거였어. 밤에 자려고 불을 끄고 나면 창문으로 그림자가 올라간다나. 사는 집이 십삼층인데 자꾸 올라가,라나 뭐라나.

이렇게 말해놓고 여씨 아저씨는 어두운 얼굴로 입을 다물고 있다가 더는 이야기를 이을 마음이 없는지 부지런히 빙수를 떠먹었다.

*

그래서 내 그림자가 일어섰을 때,라고 여씨 아저씨가 말했다.

녹아서 팥물이 되어버린 빙수를 마지막 한 수저까지 말끔히 먹고, 그간에 손님이 보자기에 싸서 가지고 온 앰프 하나를 고쳐서 보낸 시점에 나온 이야기였다.

나는 깜짝 놀라서 말했다.

일어섰나요?

일어섰지, 나도.

여씨 아저씨가 새삼스럽다는 듯 눈을 깜박이며 나를 보았다.

나도 살면서 이런저런 사정을 겪었는데 그림자 정도, 솟구치지 않을 수가 있나. 우리 집 현관에서 말이야, 구두를 신고 있는데, 반짝 일어서더라고. 올 것이 왔구나 싶으면서 그 친구 생각도 나고, 모골이 송연하다는 것은 이런 것을 목격한 사람이 만들어낸 말이 아닐까, 하면서 보고 있었어. 뭘 해볼 수가 있나, 그림자에다 대고. 이게 일어선 것이라고 마구 잡아당기는데 내가 좀 근성이 있기에 망정이지 하마터면. 그보다 나는 식구들의 반응이 이상했어. 그림자가 멀리 가지도 않고 집 안을 돌아다니는데, 이걸 보지 못하는 건지 보지 못하는 척을 하는 건지 알 수가 없는 거야. 예를 들어서 이놈의 그림자가 말이야, 밥 먹는 식구들 틈에 앉아 있거나 하는 경우도 있었거든. 그럴 때 다들 자연스럽게 그 자리를 피해서 앉는데 말이야, 보시기며 새로 밥을 담은 사발 같은 것을 건네주거나 할 때도 내 그림자를 피해서 팔을 뻗고, 말을 나눌 때도 그림자의 좌우에서 서로를 보려고 머리를 좀 기울인 상태로 말하거나 하면서 말이지.

그림자는 보이잖아요?

보이지. 빤히 보이는 것을 두고 보지 못하는 척을 하고 있으니 내가 직접 그림자가 있는 곳을 가리켜보이며 그림자야, 그림자,라고 말해도 말이야.

이렇게 살짝,이라면서 여씨 아저씨는 허공을 꼬집듯 왼손 엄지와 검지를 붙여보였다.

얼굴을 찌푸리고 혐오스럽다는 것처럼 나를 바라보기만 하는 거야. 사정이 이렇다보니 나는 아무래도 좋은 거구나, 나 따위 그림자를 따라가더라도 상관없다는 거구나, 싶기도 하지 않겠어? 에이 쌍, 따라가고 말아버릴까, 싶어서.

따라가셨어요?

따라갔지. 그런데 그것도 잘되지 않더라고. 목소리가 따라와.

목소리요?

차마, 차마, 하고 내 목소리가. 하여간에 얼마 못 가고 집으로 돌아갔어. 어처구니가 없었지. 나라는 놈은 그림자도 따라가지 못하고, 하면서. 그 밤에 달이 어찌나 둥글고 밝은지 분화구가 다 보이고.

라면서 여씨 아저씨는 길게 한숨을 쉬었다. 분화구 윤곽이 선명한 달이 뜬 밤에 구불구불 늘어진 그림자를 거느리고 집으로 돌아가는 여씨 아저씨의 모습을 나는 생각해보았다.

여씨 아저씨가 말을 이었다.

요즘도 이따금 일어서곤 하는데, 나는 그림자 같은 건 아무것도 아니라고 생각하는 거야. 저런 건 아무것도 아니다,라고 생각하니까 인력이니 뭐니 견딜 만해서 말이야. 그게 실은 아무것도 아닌 것은 아니지만 아무것도 아니라고 생각하니까 가끔은 아무것도 아닌 것 같고, 시간이 좀 지나고 보니 그게 정말 아무것도 아닌 것이 맞는 것 같고 말이지. 그림자라는 건 일어서기도 하고 드

러눕기도 하고, 그렇잖아? 물론 조금 아슬아슬하기는
하지. 아무것도 아니지만 어느 순간 아무것도 아닌 것이
아닌 게 되어버리면 그때는 끝장이랄까, 끝 간 데 없이
끌려가고 말 것 같다는 느낌이랄까.

하여간에 말이지,라면서 여씨 아저씨는 서랍 속에서 드
라이버를 꺼내서 앰프 껍데기에 꽂힌 나사를 돌리기 시
작했다.

                              *

수리실엔 책상이 두개 있었다. 창 쪽에 놓인 것을 여씨
아저씨가 사용했고 나는 그 옆에 놓인 것을 사용했다.
여씨 아저씨의 철제 책상은 앰프들의 무게 때문에 약간
중심을 향해 휘어 있었고 모서리가 비틀어져서 제대로
닫히지 않는 서랍이 세개 달려 있었다. 세개의 서랍 중
상판 밑에 달린 길고 납작한 서랍엔 수십개의 드라이버
가 담겨 있었고 책상 왼쪽에 달린 나머지 두개의 서랍엔
무엇이 담겨 있다,라고 말하기도 곤란할 정도로 다양한

물건이 담겨 있었다. 수년 전 수리실에서 내가 처음 한 작업이 그 두개의 서랍을 엎어서 정리한 것이었다.

철사조각, 나사, 드라이버 손잡이, 카세트테이프, 라벨, 봉투에 담긴 알약, 처방전, 메모, 쇳가루, 전선, 어딘가에서 떨어져 나온 금속 박편, IC칩, 기판 조각, 구멍이 뚫린 지퍼 백, 볼펜 심지, 바늘, 납땜에 사용하는 납 줄, 손목시계, 음료 뚜껑, 가죽 끈, 고무줄, 노끈, 무언가를 닦아서 동그랗게 뭉쳐놓은 종잇조각, 아교나 섬유유연제가 담긴 필름 통, 커피 분말, 둥글게 말린 먼지, 필터 부근에서 접힌 담배꽁초, 바싹 말라서 강냉이처럼 굴러다니는 벌레, 딱지 모양으로 접은 회로도 같은 것 외에 아무리 봐도 뭔지 모를 마른 것이라거나 브래지어 후크 같은 것이 발견되기도 하는 등 종잡을 수가 없었다.

가장 크고 가장 깊고 가장 아래쪽에 있는 서랍엔 그처럼 종잡을 수 없는 물건들과 더불어 동전들이 담겨 있었다. 잔돈이 생기면 던져 넣었다는데 잡다한 물건들을 얼추 들어내고 보니 동전들이 서랍 바닥에 두꺼운 층을 이루고 있었다. 바닥에 신문지를 펼치고 앉아서 반나절 동안 동전을 분류하고 셌다. 동전이 잘랑거려서 시끄럽다고 여씨 아저씨는 투덜거렸지만 그만두라고 말하지는 않았다. 오전에 내가 동전을 세는 것을 본 상가 사람들이 오후에 다시 보러 와서 아직도 세고 있느냐고 묻고 갔다. 해지기 직전에야 세는 것을 마칠 수 있었다. 백삼십오만 칠천육백사십원이었다. 금액별로 봉투에 나누어 담고 보니 너무 무거워서 앰프를 운반하는 데 사용하는 수레에 실어서 은행으로 가져갔다. 동전 세는 기계 앞에 봉투를 벌려두고 동전을 붓고 기다리고 동전을 붓고 기다리고 동전을 붓고 기다리기를 반복하다가 최종 금액을 확인했다. 백삼십오만 칠천육백이십원이었다. 이십원의 오차를 감당하기로 하고 남김없이 입금시켰다. 몇년 전에 뒤져보고는 한번도 뒤져보지 않았는데 그 서랍에 그만한 동전이 있는 줄은 몰랐다고 여씨 아저씨는 놀라워했다.

몇년이 지나는 동안 서랍은 다시 우북해졌으나 아직, 이라며 여씨 아저씨는 서랍을 내버려두고 있다. 서랍의 상태와 수리실 전반의 상태가 별로 다를 것이 없어서, 수리실은 금속으로 된 고래 배 속처럼 어두웠고 물질적으로 무한했다. 다른 차원으로 이어진 어느 바닥이 문득 뚫어지는 바람에 그 모든 것이 단숨에 쾅, 하고 쏟아진 듯한 모습이었다. 일을 시작하고서 일년 정도는 이것저 것 정리하면서 시간을 보냈다. 여씨 아저씨가 아무렇게 나 쌓아둔 부품들을 서랍이나 캐비닛에 넣어서 라벨을 붙이고 전선과 나사와 공구를 분류해서 모아두었다. 들 어오는 순서대로 무작정 천장과 입구를 향해 쌓이기만 하는 앰프들도 나누어서 다시 쌓아두었다. 이젠 한결 정 리가 되었으나 물건의 밀도는 여전히 어마어마해서, 수 리실에 처음 들어서는 사람들은 입구에서 입을 벌리고 서 있다가 어디에 어떤 물건이 있는지 어떻게 아느냐고 묻고는 했다.

여씨 아저씨는 삼십년이 넘도록 이 자리에서 음향기기 수리를 하고 있다. 기술에 비해 수리비는 저렴하게 받는 편이지만 상황에 따라서는 답답하게 여겨질 만큼 느긋 한 면이 있어서 까다롭거나 무례한 손님을 만나면 종종 다툼이 벌어졌다. 여씨 아저씨는 그런 손님들의 물건 안 쪽에 페인트로 조그만 표시를 해두고 후에 그 손님이 다 른 사람을 통해서라든가 모르는 척을 하고 기계를 맡겨 오면 뚜껑을 따놓고 페인트 자국을 확인하며 이 자식 이

거 그때 그 자식, 하며 즐거워하는 눈치였다. 그런 다음
엔 이쪽에서도 모르는 척, 기계를 수리해서 돌려보내곤
했다.

수십년간 비바람을 맞고 삭은 창으로 바깥을 내다보면
무재씨와 내가 점심을 먹은 면옥 부근의 납작한 함석지
붕들이 내려다보였다. 이따금 그 위를 고양이들이 어슬
렁거렸다. 나무로 된 창틀은 검고 축축하게 썩어 있었
다. 손가락으로 누르면 젖은 비스킷처럼 부스러졌다. 태
풍이라도 불어온 밤에는 거센 바람에 그 낡은 창틀이 통
째로 떨어져나가 바람을 타고 솟구쳤다가 함석지붕 위
로 꽂히는 광경을 생각하며 잠들지 못하는 일이 더러 있
었다.

*

나, 왔습니다.
라고 말하며 유곤씨가 수리실로 불쑥 들어왔다.
사장님 나, 이천원만 빌려주시지 않겠습니까.

뭘 하려고?

여씨 아저씨가 무뚝뚝하게 묻자 유곤씨는 흰 단추가 달린 앞섶을 손으로 가만히 누르며 말했다.

내가 쓸 생각입니다.

어디다 쓸 생각인데.

복권을 사는 데 쓸 생각입니다.

에라.

이번엔 틀림없다는 계산이 나왔습니다.

틀림없다는 그 계산, 틀리지 않은 적이 있었나.

이번엔 다릅니다.

뭐가 달라.

틀림이 없다는 점이 다릅니다.

라면서 유곤씨는 수리실 구석에 놓인 등받이 없는 의자에 꼿꼿이 등을 펴고 앉아서 두서없는 이야기를 늘어놓았다. 오늘은 아침부터 발가락이 아픕니다, 발가락이 그런 식으로 아프면 날씨가 좋지 않게 마련입니다, 오전엔 그래도 날씨가 좋을 듯하여 방심했건만 오후가 되고 보니 역시 공기가 무겁지 않겠습니까, 올라오는 길에 보니 접는 우산을 양동이에 두어개 담아둔 가게가 있었는데 그건 파는 우산일지 모르겠습니다, 일전에 이 수리실에 우산을 하나 두고 간 것 같은데 그게 남아 있을지 모르겠으나 남아 있지 않더라도 언젠가 유용하게 사용하셨을 테니 섭섭하게는 생각하지 않겠습니다, 남아 있다니 말이지만 두 사람이 밥을 먹을 때 계란말이가 한조각 남는다면 그것은 정말로 애매한 문제가 아니겠습니까, 계란말이, 좋아하십니까, 나는 좋아합니다,라는 둥 듣거나 말거나 상관없다는 듯 말하면서 언제나 손에 쥐고 다녀 반질반질하게 닳은 계산기를 무릎 위에 올려놓고 만지작거렸다.

유곤씨의 나이가 어느 정도인지는 짐작하기가 어려웠다. 젊어 보이는데 묘하게 옛날 풍인 듯한 낡은 옷을 입고 다녔고, 옷은 낡았어도 모습은 말쑥했는데, 말쑥하기는 하나 맑은 콧물이 흐르는데도 닦지 않고 내버려둘 때가 있는가 하면, 머리가 좋아 보이기도 하고 부족해 보이기도 하고 눈치가 없어 보이기도 하고 너무 있어 보이기도 했다. 유곤씨는 일주일에 한번이나 두번쯤 수리실에 왔다. 여씨 아저씨에게 들은 바로는 그가 소년이었을 때부터 그런 간격으로 벌써 십여년째 나타나고 있다니

그렇다면 삼십대에서 사십대 사이일 것이라고 짐작할
뿐이었다. 유곤씨는 주머니에 항상 고무줄로 묶은 복권
다발을 넣고 다녔다. 누군가 그 다발에 관심을 보이면
열에 들뜬 모습으로 계산기를 두드려서 뭔지 모를 계산
을 열심히 해보이며 이것을 보라고, 이렇게 돼서 이렇게
되는 것이므로 이번 주엔 숫자 조합이 이렇게 될 수밖에
없는 거라고, 말을 했다.

사람은 기대할 만한 것이 못 되지만, 복권은 기대해 볼
만한 것입니다.

라거나,

이천원만 빌려주시지 않겠습니까.

라면서, 돈을 주면 받아갈 때도 있지만 달라고 하고서도
돈 따위 안중에도 없다는 듯 이것저것 말만 하고 가는
일도 있어서 반드시 돈을 받아가려고 나타나는 것 같지
는 않았다. 때론 몇주 만에 핼쑥한 얼굴로 나타나서 말
없이 앉아만 있다가 가는 일도 있었다.

유곤씨는 뭘 하러 왔던 걸까요,라고 물으면 외로워서 들
른 거라고 여씨 아저씨가 말했다.

유곤씨가 외로운가요?

외롭지.

수리실을 자주 드나드는 상가 오디오 상인 중엔 저런 자에게 뭘 돈까지 주느냐고 말하는 사람도 있었는데, 여씨 아저씨는 오히려 그렇게 말하는 사람을 경계하는 눈치였다.

물을 조금 마셔도 괜찮겠습니까.

눈이 마주치자 유곤씨가 말했다. 마셔도 괜찮다는 대답을 듣고 조용히 의자에서 일어나더니 기계들의 모서리를 건드리지 않도록 조심스럽게 몸을 비켜 가며 안쪽으로 들어왔다. 냉온수기에 얹힌 선반을 들여다보며 한참 망설이다가 종이컵을 집어서 찬물을 받았다. 그런 다음엔 거기에 뜨거운 물을 섞으려는 듯했다. 뜨거운 물을 공급하는 밸브엔 안전버튼이 달려 있었기 때문에 두 손을 모두 사용해야 했다. 유곤씨는 계산기를 쥔 손을 어떻게 해야 할지 모르는 듯했다. 한 손엔 계산기를 쥐고 한 손엔 종이컵을 쥔 채로 허둥대다가 계산기를 옆구리에 끼고 소심하게 손가락을 뻗어서 안전버튼을 누르고 뜨거운 물을 받아내서 마침내 천천히 마시는 모습을, 예의가 아니라고 생각하면서도 눈을 뗄 수가 없어 바라보았다.

안녕하세요.

하며 무재씨가 수리실로 들어왔다. 여씨 아저씨와 간단한 인사를 주고받은 뒤, 작업이 다 된 트랜스 두개를 바닥에 내려놓고 곧장 돌아서서 나갔다. 가마, 가마, 하며 점심을 같이 먹은 뒤로 한동안 보지 못해서, 그렇게 가는 거냐고 나도 모르게 바라보고 있는데 문득 돌아서서 손짓으로 나를 불렀다. 저요, 하고 눈으로 묻자 무재씨가 고개를 끄덕였다. 나가보았다. 무재씨가 앞치마 주머니에서 둥글고 선명한 것을 꺼내서 보여주었다. 홍시처럼 붉고 둥그스름한 화분에 두툼한 떡잎이 돋아 있었다. 광택 없이 부드럽게 가공된 플라스틱 제품이었다. 소리를 내거나 말을 하면요,라면서 무재씨가 그것을 앞으로 내밀었다.

움직여요, 이게.

눈썹처럼 휘어진 떡잎 한쌍이 바로 그렇다는 듯 아래위로 끄덕끄덕 움직였다.

출근하는 길에 보고 샀다는 그것을 받아들고, 또 보자며 돌아서서 가는 무재씨를 한동안 바라보았다. 손바닥에 화분을 얹은 채로 수리실로 돌아갔다. 어느 틈에 그 자리로 돌아갔는지 유곤씨가 입구에 앉아서 가만히 나를 보고 있다가 말했다.

아픕니까.

아니요.

얼굴이 빨갛습니다.

빨갛지 않아요,라고 말하며 캐비닛 위에 화분을 올려놓았다. 떡잎이 부지런히 움직이고 있었다.

입을 먹는 입

팔월엔 비가 내렸다. 거의 매일 내렸다. 퍼붓듯 쏟아지다가 반짝 갰다가 꾸물꾸물 어두워졌다가 툭툭 떨어지다가 다시 한차례 퍼붓고 점차 가늘어져서 그 비가 밤새 이어지는, 뒤끝 있는 날씨가 계속되었다. 이불이 묵직해서 이따금 보일러를 틀어두고 잤다. 아침엔 냉장고 문을 열다가 청개구리를 발견했다. 밟을 뻔했다. 엄지손톱만 한 크기로 맑은 연두색이었다. 개구리를 잡아보았다. 꽈리처럼 볼록하게 솟은 엉덩이를 건드리자 읍, 하듯 턱을 부풀리며 손바닥 위에서 방향을 바꿨다. 개구리란 차가운 생물이라고 생각했는데 그다지 차갑지 않아서 놀랐다. 개구리의 발가락은 섬세하게 갈라져서 작고 가늘고 투명했다. 밟았으면 어쩔 뻔했냐고 새삼 놀랐다. 출근하는 길에 화단에서 자라고 있는 강아지풀에 붙여주었다. 개구리의 무게 때문에 풀잎이 약간 휘어졌다. 개구리는 잠자코 엎드려 있다가 문득 뛰어서 덤불 속으로 사라졌다.

버스에서 내려서 우산을 이리저리 흔들며 상가 주차장을 가로질렀다. 엘리베이터를 기다리는데 벽에 붙은 것이 있어 멍하니 읽어보았다. 전자상가 철거에 관한 세입자 대책회의라는 제목으로 일시와 시간과 장소가 공지되어 있었다. 여씨 아저씨가 출근하길 기다렸다가 철거에 관해 물었더니 그런 이야기는 예전부터 있었으나 구체적으로 진행된 적은 없었다고 대답했다.

이번엔 뭔가 임박했으니 회의도 하는 것 아닐까요,라고 말해도 여씨 아저씨는 아직은 먼 이야기라며 느긋한 기색이었으나, 모임 날짜가 지나서는 또다른 모임을 알리는 공지가 벽에 붙기도 하고 현수막이 걸리기도 하는 등 분위기가 어수선했다.

정종을 마시러 갈까요.

월요일인데요.

월요일이면 어때요.

요즘은 비가 자주 와서 배도 싸늘하니,라며 앞서는 무재씨를 따라서 술을 마시러 갔다. 가는 길에 유곤씨를 만났다. 멀티탭이 담긴 종이봉투를 껴안고 우산은 어디에 두었는지 상가 입구에서 서성거리고 있었다. 무재씨가 유곤씨에게 인사를 건네는 것을 보니 유곤씨는 공씨 아저씨의 공방에도 이따금 들르는 모양이었다.

나는 춥습니다.

바지 자락이 젖어서,라고 울적한 목소리로 말하는 유곤씨에게 무재씨가 동행을 권했다. 정류장 부근에 있는 주점에 자리를 잡았다. 무재씨와 유곤씨는 데운 정종을 주문했고 나는 맥주를 주문했다. 점원이 간단한 안주로 오이와 미역무침을 가져다주었다. 무재씨와 유곤씨가 마실 정종 잔엔 북어 지느러미가 떠 있었다.

이건 꼬리일까요.

꼬리 같은데요.

커다란 나방 같네요.

나방이라고 생각하면 <u>으스스</u>하죠.

이건 이것 나름대로 좀 그러네요.

정종 잔을 들여다보며 이런 대화를 나누고서는 한동안 말없이 마셨다. 여전히 비가 내리고 있었다. 발목이 저려서 잡아보니 살갗이 싸늘했다. 요즘엔 계속 발목이 젖은 채로 집으로 돌아가고 있었다. 요전의 개구리는 어떻게 되었을까, 하고 생각했다. 화단을 벗어나지 않고, 잘 살고 있을까. 화단이라도 조그만 것이라 진작 벗어났는지도 모르겠다. 개구리는 화단의 경계라는 것은 잘 모르니까, 폴짝 넘었다가 이번에야말로 누군가의 발에 밟혔을지도 모르겠다. 죽었다면 앞뒤 생각 않고 화단에 놓아준 내가 나빴던 걸까, 하고 생각하는 틈에 절반을 마셨다. 바깥을 향한 유리창엔 부옇게 김이 서려 있었다. 무재씨가 손끝으로 창을 문지르자 바깥 유리에 맺힌 빗방울들이 보였다. 주방 쪽에서 채소와 간장을 볶는 냄새가 났다. 항상 쥐고 다니는 계산기를 잔 곁에 놓아두고 잔을 잡았다가 놓았다가 하며 정종을 마시고 있다가 유곤씨가 말했다.

쥐며느리를 아십니까.

알죠.

콩 벌레가 아닌 쥐며느리입니다.

둘이 다른가요?

다릅니다.

전혀 다른 생물입니다,라고 말하며 유곤씨는 탁자 위에 작은 동그라미를 몇번 그렸다.

콩 벌레는 몸을 이처럼 동그랗게 만들 수 있지만 쥐며느리는 몸을 동글게 만들지 않습니다. 내 방엔 쥐며느리가 많습니다. 어디에 숨어 있다가 나타나는지는 몰라도 문득 바라보면 어디에나 달라붙어 있습니다. 나는 쥐며느리를 죽입니다.

쥐며느리는 별로 해롭지 않다고 무재씨가 말했다.

피를 빠는 것도 아니고요.

유곤씨가 정색을 하고 무재씨를 바라보았다.

해롭다거나 해롭지 않다거나 하는 것은 기준의 문제입니다. 내 기준으로 쥐며느리는 충분히 해충입니다. 사전에도 나와 있습니다. 이유라고 해봤자 심미적으로 보기에 좋지 않다는 정도라지만 말입니다. 쥐며느리라는 것은 아주 작은 데다 여러개의 발로 매우 부산하게 움직입니다. 그런 생물이 내가 잠든 사이 귀로 들어오거나 한다면 괴로울 것이 아니겠습니까.

자주 귀로 들어오나요?

라고 묻자, 만에 하나, 라면서 유곤씨가 나를 바라보았다. 그런 일이 벌어질 수도 있다는 것입니다. 나는 참을 수가 없습니다. 귀로 들어온다고 생각하면 말입니다. 그래서 내 방에서는 성경을 만지는 것이 금지되어 있습니다.

성경이요?

그것을 사용해서 죽입니다. 성경은 두께가 적당해서 가능한 거리만큼 제대로 날아가줍니다. 벽이든 천장이든 문제없습니다. 이렇게 펼쳐서 들고 있다가 던지면 되는 것입니다.

라면서 유곤씨는 책을 펼쳐보이듯 탁자 위에서 양 손바닥을 벌리며 말했다.

이런 일이 되풀이되고 보면 성경이나 벽이나 매우 지저분해집니다. 성경은 페이지가 많은 반면에 벽은 그렇지가 않아서, 주기적으로 벽지를 새로 발라줘야 합니다.

그렇군요.

여간 성가신 일이 아닙니다.

양복을 입은 사람들이 소란스럽게 주점 안으로 들어왔다. 우산을 털고 우산을 접고 그쪽보다는 저쪽 자리가 낫겠다는 둥, 한동안 입구에서 법석을 피우다가 안쪽 자리로 들어갔다. 그들이 비에 젖은 섬유 냄새를 풍기며 우리 곁을 지나갈 때 단단하게 박음질된 가방모서리가 바짝 다가왔다. 그것을 피해 한쪽으로 어깨를 움츠렸을 때 무재씨가 나를 향해 말했다.

은교씨, 그림자는 요즘 어떤가요.

그림자요.

별일 없는데요, 일어설 기미도 없고, 그저 그런데요,라고 말하자 기미가 있더라도, 따라가지는 말라고 무재씨가 말했다.

안 따라가요.

라고 말해두고 잔을 입가로 가져가다가 이쪽을 물끄러미 보고 있던 유곤씨와 눈이 마주쳤다.

그림자 일어섰습니까.

네, 어 자보니.

그렇습니까.

나도 가끔 일어섭니다,라면서 유곤씨가 잔을 조금 앞쪽으로 움직여두었다. 건배를 하자는 뜻일까, 싶어 잔을 가져다대자 아무래도 그런 의미는 아니었던 듯 흠칫 놀라는 기색이었다. 유곤씨는 미간을 조금 찌푸린 채로 잔을 만지작거리고 있다가 손바닥 안으로 감추듯 잔을 끌어당겼다.

*

그런데 말입니다,라고 유곤씨가 말했다.

쥐며느리가 정말 물지 않는다고 생각하십니까. 입이 있는데, 어째서 물지 않습니까. 입이 있다는 것은 틀림없이 무언가를 깨문다는 의미인데 말입니다.

*

열두살 때였습니다. 아버지가 돌아가셨습니다. 압사였습니다. 아버지는 아파트 건설현장에서 일하고 있었습니다. 타워크레인의 추가 삼십 미터 높이에서 몸 위로 떨어졌습니다. 죽음이 너무도 확실했기 때문에 세시간이나 추를 그대로 내버려두었다고 합니다. 어머니는 시체를 보기 전에는 그의 죽음을 믿지 않겠다며 고집을 피우다가 기어코 그의 마지막 모습을 보러 내려갔습니다. 나는 상복을 입은 고모들 곁에 앉아 있었습니다. 나는 이때 어렸지만 이 장례식에 관해서는 세세한 부분을 선명하게 기억하고 있습니다. 장례식장으로 사용하는 넓은 마루에 올라서자 놀랄 정도로 바닥이 차가웠던 것, 나중에 어머니가 장례식장으로 돌아와서 기이할 정도로 차분하게 앉아 있다가 내게 말하기 위해서 옷자락을 잡아당겼던 것, 내 옷자락이 그녀가 잡아당기는 방향으로 조용히 끌려갔던 것, 어머니가 내 쪽으로 몸을 굽혔을 때 그녀의 목에 작은 땀방울들이 맺혀 있었던 것, 그녀가 입고 있던 상복에서 아몬드를 태운 듯한 냄새가 났던 것, 치마를 고정하는 끈이 풀어져 한쪽 가슴 아래로 흘러내려 있던 것, 이윽고 그녀가 했던 말, 저것은 네 아버지가 아니다, 나를 못마땅하게 생각하는 사람들이 그를 어딘가에 숨겨두고 네 아버지라며 돼지 한마리를 가져다두었더라,라는 이야기를 듣고 내가 거의 즉각적으로 차가운 금속 침대에 드러누운 돼지 한마리의 이미지를 떠올린 것, 등을 말입니다.

죽은 사람들과 그들을 감싼 천에 수없이 쓸리고 닳아서 반짝거리는 금속 침대,라는 것을 나는 이전에 본 적이 없었습니다. 실제로는 한번도 보지 못한 그러한 물건의 윤곽이며 감촉 같은 것을 어떻게 그렇게 분명하게 떠올릴 수 있었을까, 하고 지금까지도 나는 의아하게 생각하고 있는 것입니다.

조문객이 많았습니다. 가톨릭 신도들이 끊임없이 조문을 했습니다. 그들이 죽은 사람을 위해 읊조리던 기도가 돌림노래처럼 내내 들려왔던 것을 기억합니다. 입관식이 있던 날 사람들이 촛불을 들고 그가 누운 방으로 들어갔습니다. 아버지는 벌써 베로 만든 옷을 입고 있었고 손이며 얼굴 등도 삼베로 동그랗게 묶여 있었습니다.

사람이 너무 많아서 나는 뒤쪽에서 안쪽으로 더는 들어가지 못했습니다. 나는 내 앞을 막아선 사람들 중에 누가 내 아버지와 알고 지낸 사이인지 잘 알아볼 수 없었습니다. 대부분 모르는 얼굴뿐이라서, 어쩌면 기를 쓰고 안으로 파고들던 사람들 중의 몇은 단지 불행한 시신 곁에서 어떤 영감을 받기 위해서 거기 서 있는 거라는 생각이 들 지경이었습니다. 내가 서 있는 곳에서는 땀 냄새가 나는 검은 재킷을 입은 한 아주머니의 팔뚝 너머로 어머니의 옆모습이 보일 뿐이었습니다. 그녀는 친척들의 부축을 받으며 서 있었는데 양손으로는 초를 움켜쥐고 있었고, 그 초가 너무 기울어져서, 현실적으로는 상당한 거리가 있었음에도 불구하고 나는 불꽃이 아버지의 목관으로 옮겨붙을까봐 마음을 졸이며 지켜보았습니다.

장례식이 끝난 후 어머니는 한동안 병원에 머물러 있다가 그림자를 업고 집으로 돌아왔습니다. 이 그림자는 어머니 등에 달라붙은 채로 이미 상당히 자라서 뭐라 말할 수 없이 짙은 빛깔을 띠고 있었습니다. 그토록 달라붙어 있다보니 그림자가 어머니에게 붙었는지 어머니가 그림자에게 붙었는지 어느 쪽인지 분간할 수 없는 상태였습니다. 당시 어머니와 나를 보살피기 위해서 이모가 집에 머물고 있었습니다. 이모와 나는 둘이서 어머니의 등을 빗자루로 쓸어보기도 하고 고함도 질러보고 팥도 던져보고 갖은 노력을 해보았지만 이런 것은 그림자에게는 아무런 소용이 없는 듯, 무서워, 무서워, 하면서도 전혀 무서워하는 기색을 보이지 않았습니다. 어머니는 씻지도 않고 제대로 먹지도 않으면서 그림자와 더불어 가만히 방에 머물고 있었습니다.

어느 날 모두의 기분을 전환하는 데 도움이 될까 싶어서 이모와 나는 청소를 했습니다. 나는 냉장고 구석에서 도시락만 한 금속상자를 발견했습니다. 얼마나 오랫동안 거기 들어 있었는지는 몰라도 매우 싸늘했습니다. 뚜껑을 열어보니 립스틱이 몇개 들어 있었습니다. 오래되어서 물방울이 맺히고 더러는 곰팡이 같은 얇은 막으로 덮인 분홍과 빨강, 오렌지색 립스틱들이었습니다. 이모에게 보여주자 이모는 버리라고 말했고 나는 별다른 생각 없이 그 상자를 집 바깥에 버렸습니다. 그런 다음엔 우리 둘 다, 그런 상자가 있었다는 것조차 잊고 지낸 것입니다.

또다른 어느 날 어머니가 그 상자를 가져오라고 말합니다. 우리는 처음에 어떤 상자를 말하는 것인지 몰라서 어리둥절해하고 있습니다. 한두마디 설명하는 것을 들으니 분명 그 상자라서 며칠 전에 버렸다고 말하자 누가 버렸느냐고 그녀가 물었고 내가 버렸다고 내가 대답합니다. 가져 와,라고 어머니가 말하고 다음 순간부터는 오로지 그 말뿐입니다. 자신이 시켰다고 이모가 말하지만 어머니의 눈은 잠시도 나를 떠나지 않습니다. 그림자를 업은 채로 눈을 빛내며 가져 와,라고 말합니다.

가져 와,라고 그녀가 말하고 가져 와,라고 그녀의 그림자가 말합니다.

가져 와,라고 그녀의 그림자가 말하고 가져 와,라고 그녀가 말합니다.

가져 와, 가져 와, 하고 그림자와 그녀가 번갈아 말하는 사이 어머니의 목소리는 점차로 쇠약해져서 들리지 않게 되고 다만 그림자가 어머니의 오른쪽 어깨 부근에서 머리와 닮은 둥근 것을 치켜들고 가져 와, 가져 와,라고 말하고 있습니다. 입이랄지, 검은 것 가운데 오목하게 들어간 조그만 구멍을 열었다 닫았다 하며 가져 와, 가져 와,라고 말하다가 이내 다른 말을 하기 시작합니다. 그 말은 더는 말이 아니고, 이상한 방식으로 발성되며 발성 자체가 목적인 듯한 미미,라거나 가가, 하는 소리일 뿐이었습니다. 며칠 전에 버려진 상자 같은 건 벌써 며칠 전에 어딘가로 사라졌으므로 도무지 가져올 수는 없다고 이모가 빌고 내가 빌고 마침내 둘이 엎드려서 빌어도 용서는 돌아오지 않습니다. 나는 마루에서 어머니와 그녀의 그림자를 바라보고 있었습니다. 그림자는 이때쯤 어머니의 몸을 빈틈없이 휘감고 있었는데 어머니는 그걸 모르거나 상관없다는 듯 그림자를 내버려둔 채로 이따금 입을 벌려서 미미, 하고 가가, 하며 그림자의 말을 따라합니다. 나는 그 입도 보았습니다. 더없이 무기력한 입, 그림자에게 압도당하고 만 입, 그림자가 들락거려 혀가 검게 물드는 것을 모르고 조그맣게 벌어졌다 닫히곤 하는 그녀의 입을 보고 있었습니다. 얼마나 오랫동안 그것을 바라보고 있었는지는 모르겠습니다. 그림자가,라면서 이모가 부르는 소리에 고개를 돌렸다가 보았던 것입니다. 현관 쪽으로 늘어진 내 그림자의 끝부분이 종이 귀를 접은 것처럼 바닥에서 솟구친 채로 팔락이고 있던 것을 말입니다.

*

그때가 처음이었습니다.
라고 유곤씨가 말했을 때 안쪽 자리에서 사람들이 탁자를 두드리기 시작했다. 다섯명의 일행 중 한명이 일어서서 커다란 잔에 담긴 맥주를 들이켜고 있었다. 느슨하게 풀어진 넥타이 매듭이 윗옷의 세번째 단추까지 내려가 있었고 잔의 무게를 버티느라고 손목엔 힘줄이 불거져 있었다. 그는 왼손으로 배를 누르며 단숨에 맥주를 마시는 참이었다. 그가 마침내 잔 바닥에 아주 약간의 맥주를 남기고 잔을 내려놓을 때까지 그의 일행들은 다섯개인가 여덟개인가의 주먹으로 느리게 점점 빠르게, 탁자를 두드렸다. 무재씨와 유곤씨와 나는 말없이 그 쪽을 바라보았다. 점원들도 카운터에 팔꿈치를 올리고 서서 무료한 표정으로 그들을 바라보고 있었다.

가야겠습니다.

라는 말에 돌아보니 어느 틈에 일어섰는지 유곤씨가 종이봉투를 껴안고 서 있었다.

조금 더 마시고 가죠.

라고 무재씨가 말리는 것을, 이런 이야기를 하다보니 그림자가 들끓는 듯해서,라며 거절하고 나섰다. 우산도 거절하고 빗속으로 나서는 그를 배웅한 뒤 한동안 무재씨와 둘이 남아 있었다. 유곤씨가 남기고 간 잔 속에는 북어 지느러미가 젖은 채로 담겨 있었다.

무재씨는 술이 식고 보니 마지막 맛이 비리다면서 조금 남겼다. 비는 이제 가로등 부근에서야 알아볼 수 있을 만큼 가늘게 내리고 있었다. 차양 밑에서 각자 우산을 펼치고 전철역을 향해 걸었다. 취기가 올랐는지 맥이 빠진 손으로 우산을 제대로 가누려고 노력하면서 불그스름하게 젖은 길을 걸어갔다. 가로등이며 늦은 시간까지 문을 열어둔 상점들의 불빛을 받고 그림자가 번졌다. 얼핏 겹쳐 있으나 우산의 그림자와 내 그림자의 농도가 약간 달랐다. 그림자라는 것은 밤에도 좀처럼 사라지지 않는구나,라고 생각하며 발을 내려다보며 걷고 있었다. 무재씨가 뭘 그렇게 골똘히 생각하느냐고 물었다.

별로,라고 나는 말했다.

뭔가 재미있는 것을 하고 싶은데 별로 떠오르는 것이 없어서, 의기소침하고 있던 참이에요.

그럼 저기 잠깐 앉았다 갈까요, 하며 무재씨가 가리키는 방향을 보니 커다란 빌딩 앞에 직원들을 위한 공간인 듯 등나무 정자가 마련되어 있었다.

의자가 젖었을 텐데, 앉을 수 있을까요?

라고 묻고, 그보다 거기 앉는다고 재미가 있을까요,라고 생각하고 있는데 무재씨가 그쪽으로 걸어가서 긴 의자를 살펴본 뒤에 나를 불렀다. 이쪽은 괜찮아요, 하며 앉혀주는 대로 앉고 보니 내가 앉은 자리엔 물기가 그다지 느껴지지 않았다. 무재씨가 곁에 앉았다. 등나무 밑에서 나란히 우산을 쓰고 앉아 있었다. 빗물이 고인 벽돌 바닥에 젖은 등나무 꽃이 여기저기 흩어져 있었다. 등나무 지붕에서 우산으로 이따금 빗방울이 떨어졌다. 툭, 툭, 하는 소리를 우산 속에서 듣다보니 재미는 몰라도 의기소침했던 것이 얼마간 가시는 듯했다.

노래할까요.

무재씨가 말했다.

은교씨는 무슨 노래 좋아하나요.

나는 칠갑산 좋아해요.

나는 그건 부를 수 없어요.

칠갑산을 모르나요?

알지만 부를 수 없어요.

왜요.

콩밭,에서 목이 메서요.

목이 메나요?

콩밭 매는 아낙이 베적삼이 젖도록 울고 있는 데다, 포기
마다 눈물을 심으며 밭을 매고 있다고 하고, 새만 우는
산마루에 홀어머니를 두고 시집 와버렸다고 하고……

그렇군요.

말없이 밤거리를 바라보았다. 전조등을 밝힌 차들이 노
랗게 빗줄기를 비추며 지나가고 있었다. 등나무 잎을 삶
으면, 하고 무재씨가 문득 말했다.

삶아서 그 물을 마시면 금이 간 부부 사이의 금슬이 다
시 좋아진대요.

그렇대요?

언제고 우리 틈에 금이 가면 삶아서 마실까요?

라는 말에 당황해서 우리는 부부도 뭣도 아닌데,라고 얼
버무리자 무재씨가 우산 속에서 싱글벙글 웃었다. 나는
에헴, 하고 기침을 했다.

금슬은 잘 모르겠지만 무재씨, 이렇게 앉아 있으니 배도
따뜻하고, 좋네요.

네.

그냥 좋네요.

하며 밤을 바라보며 앉아 있었다.

*

그날로부터 몇주 동안 무재씨를 따로 만나지 못했다.
장마가 끝날 무렵부터 수리실에 기계가 밀려들었다. 다
양하게 망가진 기계들 중에 트랜스를 손봐야 할 기계는
드물어서 공방으로 내려갈 일이 없었다. 무재씨가 두어
번 수리실에 다녀갔지만 그쪽도 일이 바쁜지 용건만 보
고 서둘러 내려갔다. 어쩌다 내가 지나는 길에 들러보면

공씨 아저씨만 물레를 돌리거나 담배를 피우고 있을 뿐
무재씨는 자리를 비우고 없었다.

나는 감기에 걸렸습니다.

어느 날은 유곤씨가 찾아와서 이렇게 말하고 또 이것저
것 말하다가, 일전의 술값이라며 판 초콜릿 다섯개를 주
고 갔다.

정전

비가 그치고 난 뒤로 무더위가 이어졌다. 하늘은 새파랗게 솟는 듯하고 구름도 희고 두꺼워서 보기엔 좋았으나 낮이고 밤이고 무더웠다. 햇빛 속을 조금만 걸어도 끈끈한 땀이 솟아서 불쾌한 느낌으로 이마가 식었다. 일요일엔 바람을 쐬려고 자전거를 타고 모처럼 천변으로 내려갔다가 아버지가 사는 집 쪽으로 방향을 틀었다. 발에 힘을 빼고 천천히 페달을 밟다가 꾹꾹 눌러가며 밟았다. 버스로 세 정거장 떨어진 거리를 달려서 아버지가 사는 집에 다다랐다. 최근에 담장을 허물고 정리를 해두지 않아 어수선하게 마당이 드러나 있었다. 수도관에 자전거를 묶어두고 열쇠를 사용해서 집 안으로 들어갔다. 왔어요, 해도 기척이 없는 것을 보고 아버지가 집에 없다는

것을 확인했다. 낚시도구들을 챙겨서 어딘가로 나간 듯
했다.

창문과 문을 모두 열어두고 딱히 어지른 것도 없는 집
안을 치웠다. 아버지의 집은 창이 남쪽을 향하고 있어
마루가 밝았다. 바닥을 비로 쓸어내자 먼지가 뱅글뱅글
돌며 날아올랐다. 민물 냄새를 맡고 욕실 문을 열어보니
커다란 고무대야 세개가 바닥에 놓여 있었다. 물고기들
이 가득 담겨 있었다. 하나엔 붕어, 다른 하나엔 미꾸라
지, 나머지 하나엔 다른 두개보다는 훨씬 여유로운 밀
도로 메기 몇마리가 가라앉아 있었다. 어렸을 때부터
보아서 새삼스러울 것도 없는 광경이었다. 쪼그리고 앉
아서 대야 속을 들여다보았다. 붕어 가운데 몇마리는
벌써 뒤집어져서 은백색 배를 드러내고 수면에 떠 있었
다. 근처 타일 바닥에 몸집이 작은 붕어 한마리가 붙어
있었다. 공기에 노출된 비늘이며 투명한 눈이 이미 빳
빳하게 말라 있었다. 다리가 저려 발을 조금 움직였다가
미꾸라지가 담긴 대야를 건드리자 수면이 부글부글 끓
었다. 가만히 보고 있다가 손을 조금 넣어보았다. 물이
미끄러웠다.

별 내색은 하지 않았어도 나는 아버지가 살아 있는 물고기를 욕실에 이렇게 놓아두는 것이 싫었다. 사나흘 걸러 아버지가 잡아들이는 민물고기의 기척으로 집안이 비려지는 것이나, 세수를 하려고 수도꼭지나 세면대를 잡았다가 손바닥에 비늘조각이 들러붙는 것이나, 소변을 누려고 변기에 앉았다가 타일 벽에 말라붙은 비늘을 보게 되는 것이나, 밤에 불을 끄고 방에 드러누우면 물고기들이 빡빡 질식해가는 소리가 들려오는 것을 가만히 견디기가 어려웠다.

아버지, 아버지, 다 누구 먹이려고?

서너번은 이렇게 물으며 불편한 심정을 슬쩍 드러낸 적도 있었으나 아버지는 대답도 없이 듣고는 그만이었다.

나는 이 아버지 손에서 컸다.

도시락은 성실하게 챙겨주되 반찬은 단무지,라는 식으로 무심하다면 무심하고 본래가 무뚝뚝하다면 무뚝뚝하다고 할 수 있는 양육이었다. 별다른 대화도 없는 부녀간이었다. 내가 어렸을 때는 명절이 되어 친척들이 모이면 고모들이 아버지에게 재혼을 열심히 권하곤 했으나 본인이 성가시다는 듯 슬쩍 자리를 피해서 진전되는 이야기는 없었다. 워낙 어렸을 때 집을 나갔기 때문에 나는 어머니에 관해서는 아는 것이 많지 않았다. 요정에서 일하던 여자였다는 것, 어느 날 아버지가 문득 그녀를 데리고 나타나서 식구들이 모두 놀랐다는 것, 그 뒤로 결혼식도 올리지 않은 채로 살았다는 것, 너무 예쁘고 너무 젊고 너무 가슴이 커서 모두가 염려했던 바대로 바람이 들어 도망을 가고 말았다는 것 등은 모두 고모들의 대화로부터 조각조각 얻어들은 것이고, 스스로 기억하는 바는 별로 없었다. 그나마 있는 듯한 기억도 분명하다고 말할 수 있을 만한 것은 없었다. 두어번 잡아보았던 사라사 치맛자락의 감촉, 껌 냄새, 버스를 탈 때면 내 손을 잡아 강하게 위로 끌어올리던 가느다란 팔, 같은 것을 아마도 어머니에 관한 기억일 것이라고 생각하고 있는 정도였다. 그녀는 집을 나가면서 마분지로 만들어진 가루분 통을 비우고 머리방울 한묶음을 넣어두었다. 플라스틱 딸기, 당근, 수박, 보라색 꽃 등이 달린 고무 끈이었는데 전부 잃어버리고 이제 와 남은 것은 없었다.

비질을 마치고 문을 닫으려고 나가보니 계단에 검은 것이 엎드려 있었다.

매미였다. 배가 굵었고 한쪽 날개 끝이 찢어져 있었다. 죽었나, 싶어 자세히 들여다보자 건드리기만 해보라는 듯 뭉툭한 가슴과 머리를 들어올렸다.

*

아는 사람의 아는 사람의 아는 사람을 통해서 여씨 아저씨의 수리실에 일자리를 알아봐준 것은 아버지였다. 나는 열일곱살 때 학교를 그만두었다. 따돌림이 있었다. 아이들 일이라고 간단하게 말할 수는 없는 일들을 더러 겪었다. 괴롭히는 처지에서도 괴롭히는 것이 지루해지고 귀찮아지는 날이 올 거라고 생각하며 학교를 다니고 있었는데 어느 날 길에서 동급생과 마주쳤다. 길 저편에서 걸어오고 있었다. 괴롭히는 무리 안에서도 괴롭힘이 유난했던 아이라서 나는 틀림없이 시비를 걸어올 것이라고 생각했다. 긴장한 채로 고개를 들고 걸어갔는데 막상 그쪽에선 쑥스럽다는 듯 고개를 숙이고 지나갔다. 그때는 그런가보다, 하며 나도 지나갔으나 이튿날 무리 속에 섞여서 열심히 괴롭혀대는 그녀를 보면서 뭔가가 맥없이 무너졌다. 이런 이상한 악의를 무심한 듯 버티는 것도 무상해지고, 무리 틈에서 더는 애를 쓰고 싶지는 않다는 생각이 들어서 가방을 가지고 학교를 나섰다. 바보들, 바보들, 하고 생각하며 집까지 걸어와서는 저녁에도 바보들, 바보들, 하고 생각하고 있다가 이튿날부터 학교에 가지 않았다. 등교할 시간이 되었는데도 집에 머물러 있는 것을 보고도 아버지는 내게 아무 말 하지 않았다. 그런 날이 이어져 얼추 한달이 되어서 오히려 내쪽에서 침묵을 견디다 못해 이제 더는 학교에 가지 않겠다고 말해도 그래, 하고는 그만이었다.

일을 해보고 싶다고 말해도 그래, 하고는 그만이었고 근처에 방을 얻어서 짐을 먼저 보낸 뒤에 현관에서 갈게요,라고 했을 때도 그래, 하고는 그만이었다.

먼 데서 찌이, 하고 한꺼번에 매미들이 울자 계단 쪽에서 끄…… 하고 따라 울었다.

냉장고에 있던 호박을 썰어서 호박국을 끓였다. 대강대강 자른 호박을 기름에 볶다가 새우젓을 넣어 간을 보고 물을 부었다. 서너번 먹을 분량으로 양을 맞춘 다음 끓기를 기다렸다가 내 몫으로 한그릇 덜어냈다. 간장에 절인 마늘과 김치를 곁에 놓아두고 아버지도 없는 아버지의 집에서 호박국에 밥을 먹었다. 활짝 열어둔 창으로 바깥이 내다보였다. 두건을 쓴 아주머니가 물통을 실은 수레를 끌며 약수터로 가는 비탈을 오르고 있었다. 멀고 높은 곳에서 힘차게 매미들이 울었다. 계단 쪽에서도 끄, 하고 들려왔다. 기력이 없어 제대로 울 수 없는 듯 두어번 울다가 말았다가 울었다가 더는 울지 않았다.

그릇을 닦아두고 나가보니 뒤집어져 있었다.

갈게요,라고 말하고 문을 닫았다.

*

가동에서 수리실과 비슷한 규모로 수리실을 열어두고 있는 박씨 아저씨가 찾아왔다. 진공관 앰프 두개를 수레에서 내리며 며칠간 들여다보았는데도 해결을 보지 못했다고 여씨 아저씨의 도움을 부탁해왔다. 두 사람이 앰프를 들여다보며 이런저런 이야기를 나누는 동안 나는 박씨 아저씨의 동행에게 너덜너덜하나마 의자를 권했다. 말쑥하고 점잖은 인상의 할아버지였다. 의자가 지저분한 것도 개의치 않고 단정하게 앉아서 두 기사技師의 모습을 바라보고 있었다. 여씨 아저씨는 앰프를 내버려두고 박씨 아저씨에게 가동의 철거에 관한 이야기를 묻고 있었다. 가동에서는 벌써 몇가지 구체적인 이야기가 오가고 있는 듯했다. 사업자등록증 없이 장사를 하던 세입자들에게도 이주비가 지급되고, 지금 한창 마무리 공사를 하고 있는 임시 상가로 들어갈 경우 한동안 관리비만 내며 장사할 수 있도록 해주겠다는 조건이 제시되었다는 것이다. 일견 괜찮은 조건인 것 같아도 임시 상가로 주어지는 건물이라는 것을 두고 상인들마저 거기가 어디냐고 궁금해하는 상황이라며 여씨 아저씨는 회의적인 기색이었다. 그래서 임시 상가로 가나,라고 여씨 아저씨가 물으니 박씨 아저씨는 그럴 생각이라고 대답했다.

거기 뭐가 있나.

뭐 없어.

없는데 왜 가.

나아지겠지.

이런 대화가 오가고 있을 때 박씨 아저씨의 동행인 할아버지가 내 쪽으로 몸을 굽히고 말했다.

밖에 있던 할머니 못 봤어요?

할머니가 있었나,라고 생각하며 못 봤다고 대답하자 박씨 아저씨가 이쪽을 돌아보며, 어머니 집에 계세요, 아버지,라고 말했다. 깜짝 놀라는 여씨 아저씨에게 박씨 아저씨가 노인을 소개시켜주었다. 아버지인데, 근자에 어딘가에서 그림자를 절반 넘게 뜯긴 뒤로 이치에 맞지 않는 언행을 할 때가 더러 있어서, 집에 남겨둘 수만은 없고, 그림자 대신 자극이 될까 싶어서 이렇게 데리고 다닌다는 것이었다. 듣고 보니 할아버지의 발 부근에서 그림자의 농도가 유난히 묽었다. 여씨 아저씨가 인사를 하자 점잖게 인사에 답하며 미소를 짓는 모습에 유별난 점이 없었는데, 조금 뒤에 두리번거리며 일어나서 수리실 바깥으로 나가는 그를 박씨 아저씨가 따라가서 손을 붙들고 돌아왔다. 엄마 집에 있어요, 아버지,라는 박씨 아저씨의 말에, 아니 나는 할머니를 찾는 것이 아니고 내 그림자가,라고 대꾸를 하면서도, 박씨 아저씨가 이끄는 대로 의자에 앉고 난 뒤로는 조금 전에 어딘가로 가려고 했던 일을 완전히 잊은 듯 단정하게 앉아 있었다. 박씨 아저씨와 여씨 아저씨는 다시 앰프로 돌아가 이러니저러니 의견을 나누고 있었다. 나는 이따금 박씨 아저씨의 아버지와 눈이 마주쳤다. 눈이 마주치면 그가 내게 뭔가를 물어왔다. 어제의 날씨라든가 애착하는 빈티지 앰프에 관한 이야기도 있었지만 그러다 한두번은 조금 전까지 여기에 있었다는 할머니를 찾는 질문을 할 때가 있어서 그때마다 박씨 아저씨가, 집에 계세요,라고 말했다.

중년의 아저씨가 된 아들의 손을 잡고 얌전히 수리실을 나서는 노인을 출입구까지 배웅하고 돌아오면서, 나동의 차례가 되면 우리는 어디로 가느냐고 나는 물었다.

다동으로 가야지,라고 여씨 아저씨가 말했다.

자리가 있을까요?

라고 묻자 나동이 이렇게 비었는데 다동이야 말할 것도 없다며, 너무 비었다는 점이 문제가 되긴 하지만 이 부근에서의 삼십년간 거래를 다 두고 문득 다른 곳으로 옮길 수는 없다고 여씨 아저씨는 머리를 긁었다.

이날은 일층으로 내려갔다가 무재씨를 만났다. 부르는

소리에 돌아보니 주차장 건너편에 무재씨가 있었다. 바쁜 일이 있는 듯 무거워 보이는 짐을 껴안고 서 있었다. 좌우를 살피며 주차장을 건너와서 무재씨가 말했다.

오랜만이네요.

네.

전화해도 돼요?

해주세요.

그러면 번호 주세요,라고 말하는 무재씨에게 전화번호를 적어주려고 했으나 나도 무재씨도 적는 데 사용할 도구를 가지고 있지 않았다. 나는 전화번호를 두번 부르고 외울 수 있느냐고 물었다.

외우죠.

전화할게요, 해두고 가는 무재씨를 한동안 바라보았다. 그로부터 며칠이 지났는데도 전화는 걸려오지 않아서, 아 그럼 됐다,고 나는 혼자서 토라져 있었다.

*

컵을 닦고 있는데 정전이 되었다.

문득 불이 꺼졌다.

스륵, 하고 모터가 헛도는 소리를 내며 냉장고가 꺼졌
다. 바깥에도 불이 꺼진 듯했다. 고요했다. 나는 손에 든
것을 일단 내려두자고 생각해서 선반이라고 짐작되는
위치에 컵을 내려놓았다. 가늠이 잘못되었는지 컵이 바
닥으로 떨어져서 엄청난 소리를 내며 깨졌다. 한동안 얼
이 빠진 채로 서 있었다. 바닥에 파편이 흩어져 있을 것
이 분명했는데 거의 보이지 않아서 어떤 방향으로 어떻
게 움직여야 좋을지 알 수 없었다. 가스불이라도 켜보자
고 생각해서 켜보았지만 그 불빛으로는 바닥을 확인할
수 없었다. 어딘가 양초가 있을까, 생각해보다가 도무지
양초 같은 것을 사둔 기억이 없어 한심하다고 생각하며
가스를 껐다. 손에 잡힌 천조각으로 발 앞을 닦아내며
조금씩 이동했다. 종아리가 욱신거렸다. 욱신욱신하는
것을 참고 앞으로 나아가다가 방으로 넘어가는 문턱에
당도해서 멈췄다. 문턱에 이마를 대고 엎드렸다. 더는

움직이고 싶지 않았다. 파편이 박힌 듯 발모서리가 따끔거리고 종아리도 심상치 않았다. 피가 흐르는 듯해서 손바닥을 대보니 과연 피처럼 땀처럼 미끌미끌한 것이 번져 있었다. 손바닥으로 욱신거리는 부분을 눌렀다. 엎드린 채로 가만히 있었다. 다친 채로 어둠 속에 엎드려 있자니 등이 휑하고, 그림자가 일어서는 듯해서 고개를 들수 없었다. 어쩌면 이미 일어서서 어느 구석의 어둠엔가은근히 녹아 있을지도 모른다고 생각하니 어두운 것이더 어두운 듯하고 두려웠다. 양초 하나도 사두지 않고뭘 하며 사는 거냐고 분노 비슷한 것이 치밀었다가 가라앉았다가 딱히 어디라고 할 수 없는 곳이 간질간질해졌다가 성가셔서 훌쩍훌쩍 울다가 그쳤다가 더욱 울적해졌다.

문턱에 코를 댄 채로 나무 결이라고 짐작되는 어두운 얼룩을 들여다보며 젖은 듯 마른 듯한 문턱 냄새를 맡고있었다. 차라리,라고 생각했다. 어두운 것이 되면 이미어두우니까, 어두운 것을 어둡다고 생각하거나, 무섭다고 생각하는 일은 없지 않을까, 아예 그렇지 않을까, 어둡고 무심한 것이 되면 어떨까, 그렇게 되고 나면 그것은 뭘까, 뭐라고 부를 수 있을까, 아 모르겠다 모르겠어, 모르도록 어두워지자, 이참에,라고 생각하며 눈을 뜨고 있는데 전화벨이 울렸다. 소리가 나는 방향을 향해 움직였다. 낮은 선반을 더듬어서 전화기를 끌어내리자 선반에 있던 작은 것들이 바닥으로 떨어졌다. 엎드린 채로 받고 보니 무재씨였다. 조금 갈라진 듯한 목소리로 은교씨, 하고 나서 무재씨는 기침을 했다.

거기도 정전인가요?

네.

어두워요, 여기도,라고 해놓고 한동안 말이 없었다.

은교씨, 하고 무재씨가 말했다.

왜 울어요.

안 우는데요.

우는데요.

내버려두세요.

무서워요?

네.

바보 같아요.

바보 아닌데요.

바보예요,라고 말하고 무재씨는 한숨을 쉬었다.

무재씨, 하고 내가 말했다.

네, 하고 무재씨가 말했다.

끊지 말아요.

안 끊어요.

바보라고 해도 좋으니 끊지 말아요,라고 말해놓고 무재
씨 쪽에서 들려오는 소리에 귀를 기울이고 있었다.

*

노래할까요.

해주세요.

무슨 노래 할까요.

구두 발자국.

은교씨, 그건 뭔가요.

하얀 눈 위에 구두 발자국.

바둑이와 같이 간 구두 발자국. 누가누가 새벽에 떠나
갔나.

......

안 되겠어요.

왜요?

목이 메서요.

이것도 메나요?

새벽에 떠나는데 바둑이만 같이 갔다고 하고, 발자국만
남았다고 하고.

그럼 됐어요.

그렇죠?

다 불러놓고.

다른 것으로 할게요.

그러면 이야기해주세요.

어떤 이야기요?

소년 무재 이야기.

어디까지 했던가요?

소년의 아버지가 죽었습니다, 어떻게 되었나요, 그 뒤로.

소년이 살았습니다.

네.

소년의 이름은 무재, 해놓고 한참 말이 없다가 무재씨가 말했다.

그만둘까요.

어째서요.

이런 밤에 이런 이야기는 너무 얄궂어서요.

얄궂을 것이 있나요?

아버지는 죽어서 빚을 남기고 소년은 빚을 갚으며 어른
이 되어간다는 이야기이므로.

그렇게 되나요.

빚을 갚기 위해 빚을 지고, 빚의 이자를 갚기 위해 또다
른 빚을 지고, 전심전력으로, 그 틈에 점점 불어나는 먹
고사는 비용의 빚을 져가는 일의 연속.

……

은교씨가 하나 해주세요.

그다지 얄궂지 않은 것으로,라고 무재씨가 말했다.

……그러면 오무사 이야기를.

오무사?

무재씨는 오무사를 모르나요?

네.

오무사라고, 할아버지가 전구를 파는 가게인데요. 전구

라고 해서 흔히 사용되는 알전구 같은 것이 아니고, 한 개에 이십원, 오십원, 백원가량 하는, 전자제품에 들어가는 조그만 전구들이거든요. 오무사에서 이런 전구를 사고 보면 반드시 한개가 더 들어 있어요. 이십개를 사면 이십일개, 사십개를 사면 사십일개, 오십개를 사면 오십일개, 백개를 사면 백한개, 하며 매번 살 때마다 한개가 더 들어 있는 거예요.

잘못 세는 것은 아닐까요?

저도 그렇게 생각했는데요, 하나뿐,이지만 반드시 하나 더,가 반복되다보니 우연은 아니겠다는 생각이 들어서요, 어느 날 물어보았어요. 할아버지가 전구를 세다 말고 나를 빤히 보시더라고요. 뭔가 잘못 물었나보다, 하면서 긴장하고 있는데 가만히 보니 입을 조금씩 움직이고 계세요. 말하려고 애를 쓰는 것처럼. 그러다 한참 만에 말씀하시길, 가지고 가는 길에 깨질 수도 있고, 불량품도 있을 수 있는데, 오무사 위치가 멀어서 손님더러 왔다 갔다 하지 말라고 한개를 더 넣어준다는 것이었어요. 나는 그것을 듣고 뭐랄까, 순정하게 마음이 흔들렸다고나 할까, 왜냐하면 무재씨, 원 플러스 원이라는 것도 있잖아요. 대형마트 같은 곳에서, 무재씨도 그런 것을 사본 적 있나요.

가끔은.

하나를 사면 똑같은 것을 하나 더 준다는 그것을 사고 보면 이득이라는 생각은 들지만, 그게 배려라거나 고려라는 생각은 어째선지 들지 않고요.

그러고 보니.

오무사의 경우엔 조그맣고 값싼 하나일 뿐이지만, 귀한 덤을 받는 듯해서, 나는 좋았어요.

그랬군요.

……

……

무재씨.

네.

……

……

이제 이야기해주세요.

차라리 노래할게요.

노래도 좋고요.

하얀 눈 위에 구두 발자국……

목이 멘다고 해놓고, 외로운 산길에 구두 발자국, 하고 무재씨는 마무리까지 노래했다.

한번 더,라고 해도 못하겠다고는 하지 않고, 하얀 눈 위에,라면서 담담하게 노래하고 있었다.

오무사

심부름을 나왔다가 상가에서 길을 잃은 적이 있었다.
나도 모르는 사이 나동에서 가동으로 넘어온 상태였다.
수년 전부터 그 부근을 다녔어도 항상 다니는 길만 다녔
던 나는 비슷한 듯 미묘하게 다른 구조 속에서 완전히
길을 잃고 헤매고 있었다. 방향이나 확인하자고 십삼층
까지 올라갔다. 바람을 맞으며 옥상에서 내려다보았다.
가동을 시작으로 나, 다, 라, 마동까지, 도심하천 쪽으로
길게 이어진 상가 건물들이 보였다. 다섯량의 거대한 객
차들처럼 보였다. 바퀴도 없이 배를 끌며 열을 지어 가
다가 문득 멈춰서 굳어버린 듯한 모습이었다. 가장 높은
가동을 제외하고 나머지 건물들은 팔층으로 솟아 있었
다. 나는 언젠가 여씨 아저씨의 심부름으로 다동까지만

가보았을 뿐 그 뒤편으로는 가본 적이 없었다. 철책에
바짝 다가가서 나동 옥상을 내려다보았다. 느슨한 바지
를 입은 남자가 그쪽 옥상에서 도심을 내려다보며 담배
를 피우고 있었다.

대강 방향을 짐작하고 내려왔으나 어디 어디라고 여씨
아저씨가 말로만 알려준 바로는 이미 목적지를 찾을 수
가 없었다. 별 수 없이 나동으로 돌아가서 여씨 아저씨
에게 지도를 받았다. 여씨 아저씨는 어디를 어떻게 헤맸
는지는 몰라도 가동으로 넘어가지 말고 일층으로 내려
가야 한다고 말했다. 구겨진 메모지 뒷면에 그가 애매한
곡선으로 그려준 지도를 보고서야 목적지에 당도할 수
있었다.

이렇게 찾아간 곳이 오무사였다.

*

오무사는 전구를 판매하는 가게였다.
얼핏 지나가면서 우연히 볼 수 있는 곳이 아니고 그런 가

게가 거기에 있다는 것을 알아야 갈 수 있는 곳이었다.

오무사에 가보자.

전철을 타든 버스를 타든 도심 영화관 앞에서 내려서 백여 미터 떨어진 전자상가를 바라보며 걷다보면 마른 도마뱀, 자명종, 합성피혁으로 만든 혁대, 고무제품, 건전지, 구두, 모자를 늘어놓고 파는 좌판들을 지나서 가동의 북쪽 모서리에 다다랐다. 바깥 기둥에 거울을 덧댄 조명 상점을 오른쪽으로 끼고 돌아서 상가의 주차공간으로 사용되는 일층으로 들어서면 계단과 바닥 사이에 병풍처럼 종이상자를 세워서 직각삼각형의 공간을 만들어두고 사는 노인을 만나게 되는데 그녀는 하얗게 센 머리카락을 짧은 단발로 자른 모습으로 비가 올 때를 제외하고는 항상 자신의 거주지에서 이 미터 정도 떨어진 바닥에 앉아서 누군가를 기다리듯 큰 길을 바라보고 있었다. 나는 언젠가 지나는 길에 어느 행인이 그녀에게 빵을 나누어주는 것을 본 적이 있다. 그녀는 그가 내민 빵을 물끄러미 바라보고 있다가 더없이 생소하다는 듯 빵을 받아서 무릎과 가슴 사이에 끼워두고 다시 큰 길 쪽으로 눈을 돌렸다. 그녀의 거주지를 지나서 왼쪽으로는 주차장을, 오른쪽으로는 조명 가게나 공구 상점들을 두고 걷다가 오른쪽으로 첫번째 골목이 나타날 때 발길을 틀어서 그 길로 접어들면, 이십년째 그 자리에서 별다른 도구도 없이 드럼통 하나를 세워두고 무표정한 얼굴로 순대를 찌고 있는 아주머니를 만날 수 있었고, 회중시계, 구리 자명종, 낡은 손목시계, 빛바랜 은수저를 유리장 안에 진열해두고 졸고 있는 남자들 앞을 지나 담배와 음료와 삶은 계란을 파는 구멍가게를 지나서 부품 상점이나 구식 라디오를 손보는 수리실 등을 지나가게 되어 있었는데, 어느 곳이든 책상 하나 더는 들어갈 여지가 없을 만큼 비좁았다. 그런 가게들 틈으로 난 골목, 이라기보다는 건물과 건물 사이의 틈 정도로 보이는 어둡고 좁다란 통로로 들어서면, 오른편에 간판도 탁자도 없이 점심배달 메뉴로 백반 한가지를 만들어서 파는 허름한 식당이 있고, 그 맞은편에 오무사가 있었다. 칠십년대 이후로 손을 본 적이 없는 듯 낡고 어두컴컴한 곳이었다. 전구를 판매하는 가게였으나 가게를 밝히는 전구라고는 벽에 걸린 노랗고 푸른 알전구 다발뿐이었다. 빽빽하다.

라는 말의 이미지 사전을 만든다면 아마도 그런 광경일 것이 틀림없었다.

그야말로 빽빽하다.

라고 생각한 뒤엔 아무런 말도 떠올릴 수 없을 만큼 눈앞이 빽빽했다.

그 속에서 전구를 파는 노인은 숱 많은 머리칼이 모두 하얗게 세어버린 칠십대 노인이었다. 그는 벽돌만 한 골판지 상자들이 빼곡하게 들어찬 선반을 등진 채로 나무 책상과 걸상을 놓아두고 앉아 있었다. 침침하게 머리 위를 밝히고 있는 알전구 불빛 속에서 그는 언제나 무언가를 들여다보며 골똘히 생각에 잠겨 있다가 손님이 찾아와서 어떤 종류의 전구를 달라고 말하면 대답도 없이 서서히 걸상을 밀며 일어났다. 서두르는 법 없이 그렇다고 망설이는 법도 없이 선반의 한 지점으로 부들거리며 다가가서, 어느 것 하나 새 것이 아닌 골판지나 마분지 상자들 틈에서 벽돌을 뽑아내듯 천천히 상자 하나를 뽑아내고 그것을 책상으로 가져와서 일단 내려둔 뒤엔 너덜너덜한 뚜껑을 젖혀두고, 이번엔 다른 선반으로 걸어가서 손바닥만 한 비닐봉투 한장을 가지고 책상으로 돌아온 뒤, 시간을 들여 정성껏 봉투를 벌려서 입구를 동그랗게 만든 다음에, 오른손을 상자에 넣어서 손톱만 한 전구를 한웅큼 쥐고 나서, 왼손에 들린 채로 대기하고 있는 봉투 속으로 한번에 한개씩, 언젠가 내가 다른 손님들 틈에서 순서를 기다리고 있다가 재미있게 얻어들은 바에 의하면, 제비 새끼 주둥이에 뻥 과자 주듯, 떨어뜨렸다.

바쁜 일로 서두르며 오무사까지 걸어갔어도 그거 주세요, 하고 난 뒤로는 오로지 그의 패턴으로만 시간이 흘렀기 때문에 오무사를 방문한 손님들은 입구에서 넋을 놓고 선 채로 가게 안을 들여다보거나, 근처 구멍가게에서 삶은 계란을 까먹으며 기다렸다가 전구를 받아가곤 했다. 노인은 느릿해도 대단히 집중해서 움직였으며 그 움직임엔 기품마저 배어 있어서, 손님의 처지에선 재촉할 틈이 없었다. 대단히 성급한 사람 중에 몇마디 투덜거리는 경우는 있어도 다른 곳으로 가버리는 경우는 없었다. 오무사의 상자들이 워낙 오래 전부터 쌓여온 것들이라 어디서도 구해볼 수 없는 전구를 거기서는 구할 수 있었기 때문이었다. 잘 보면 볼펜으로 조그만 표시가 되어 있는 상자들도 있었지만 표시조차 없는 상자들이 더 많아서, 어디에 무엇이 있는지 아는 사람은 그곳의 주인뿐이었고, 사실 오무사의 노인은 어떤 전구를 달라고 해도 헤매는 법 없이 곧장, 느릿느릿하기는 해도, 그 전구가 담긴 상자가 있는 선반을 향해 걸어갔다.

할아버지가 죽고 나면 전구는 다 어떻게 되나. 그가 없으면 도대체 어디에 무엇이 있는지 누가 알까. 오래되어서 귀한 것을 오래되었다고 모두 버리지는 않을까. 오무사에 다녀오고 나면 이런 생각들로 나는 막막해지곤했는데, 수리실을 찾아오는 사람들 중엔 수리실과 여씨 아저씨를 두고 이것과 비슷한 말을 하는 사람들이 더러 있어서 나는 그때마다 수리실의 내력을 생각해보고는 했다.

어느 날 전구를 사러 내려갔더니 노인도 선반도 없었다. 텅 비어서, 어두운 벽만 남아 있었다.

돌아가셨구나, 하고 생각했다.

수리실로 돌아가서 소식을 전하자, 오무사 노인이 돌아가셨나보다고 여씨 아저씨도 한동안 착잡한 기색을 감추지 못했다. 사고자 했던 전구는 더는 재고가 없는 것이라 이 전구가 필요한 수리는 하지 못하고 돌려보냈다. 재고가 없고 나니 같은 전구를 필요로 하는 수리가 부쩍 늘어나서 여씨 아저씨와 나는 이상하다고, 드는 자리는 몰라도 나는 자리는 이렇게 표가 나는 법이라고, 모든 게 아쉽다고, 말을 나누는 일이 종종 있었다.

*

오무사를 다시 찾아낸 것은 여름이 지나 가을로 접어들 무렵이었다.

수리실을 찾아오는 사람 중에 곽씨 성을 가진 아저씨가 있었다. 여씨 아저씨와는 비슷한 연배로 오디오에 관심이 많아서 오래 전부터 수리실에 드나드는 사람이었다. 소방관이었는데 은퇴하고서는 영 마음 붙일 곳이 없다면서 그즈음 자주 수리실을 찾아오고 있었다.

이것 좀 봐줘, 하며 곽씨 아저씨가 낡은 독일제 앰프를 가지고 수리실로 들어왔다.

그 낡은 것을 뭐 하러 보나, 하면서도 여씨 아저씨는 곽씨 아저씨 곁에 쪼그리고 앉아서 나란히 담배를 피우며 앰프를 들여다보았다.

뭐가 어떤데.

왼쪽 소리가 죽었어.

왜 죽었어.

죽었는지 뭐했는지 하여간 출력이 좋지 않아.

본래 튼튼한 놈인데.

일전에 번개가 쳤잖아. 내 생각엔 그날부터야.

똑똑하네.

나 똑똑해.

알았어.

두고 간다.

천천히 볼 거야.

표시등도 나갔어, 갈아줘.

다마가 없어.

내가 사 왔어.

마침내 곽씨 아저씨가 주머니를 뒤져서 내보이는 봉투가 일단 낯익었다. 좀처럼 볼 수 없는 전구인데 어디서 샀느냐고 여씨 아저씨가 묻자, 오는 길에 오무사에서 샀

다는 대답이 돌아왔다. 여씨 아저씨와 나는 놀라서 바라
보았다. 곽씨 아저씨는 우리가 놀라는 것을 전혀 모르
고, 오무사의 전구가 담긴 봉투를 내 쪽으로 내밀었다.

이사했던데.

해서 알려주는 장소로 찾아가보니 오무사가 있었다. 본
래 있던 자리에서 조금 더 들어간 골목이었다. 제대로
된 형광등이 달렸다는 것과 천장이 전에 비해 높다는 것
이 다를 뿐, 외졌다는 것을 비롯해서 붓글씨로 오무사라
고 적힌 조그만 간판이 달렸다는 것이나 말할 수 없이
뭐가 빽빽하다는 점은 그대로였다. 오무사 노인이 선반
을 등진 채로 책상과 걸상을 놓아두고 앉아 있었다.

퓨즈램프 스무개 주세요.

라고 말하자 그가 서서히 의자를 밀고 일어났다.

나는 기다렸다.

*

겨울이 되기 직전, 전자상가 다섯개의 건물 중 첫번째

건물의 철거가 결정되었다.

월요일에 준공식이 있었다. 텔레비전이나 신문에서나 이따금 볼 수 있는 공무원들과 기자들이 왔다. 턱받이처럼 현수막을 두른 트럭들이 식장 측면에서 순서를 기다리고 있었다. 현수막은 굵게 꼬인 두개의 밧줄로 트럭 정면에 고정되어 있었다. 앞뒤도 없이, 경축,이라고만 적힌 것을 나는 물끄러미 바라보았다. 한동안 사람들 뒤편에 서 있다가 그 자리를 떠나서 엘리베이터를 타고 나동으로 올라갔다. 이튿날 출근하는 길에 신문 가판대에 들러보니 한결같이 전자상가 철거, 역사 속으로,라는 방향의 제목을 달고 있었다. 수리실로 배달된 신문도 다름없었다. 여씨 아저씨는 백반을 먹을 때 탁자로 사용하는 스피커 통에 신문을 깔아두고 찌개를 먹으면서, 반찬 보시기를 이리저리 치워가며 유심히 기사를 읽었다. 가동의 합의가 그토록 빨랐던 이유를 묻자 여씨 아저씨는 너무 영세해서,라는 대답을 내놓았다. 상권도 거의 사라진 건물에서 권리금이랄 것도 없이 하루 벌어 먹고살던 사람들이 이주비를 큰돈으로 여기고 받아서 나갔다는 것이었다.

당장 철거되는 것은 다섯개의 건물 중 가동 하나뿐인데도, 기사 제목이 일률적으로 전자상가 철거로 마치 상가 전체가 사라지고 말았다는 듯 구성된 것을 두고는, 그런 식으로 미리 상권을 죽여서 이후의 일을 쉽게 도모하려는 목적이 있기 때문이라고 말했다. 이미 죽어가고 있는 놈더러 자꾸 죽어라, 죽어라, 한다며 여씨 아저씨는 입맛을 잃은 듯한 얼굴이었다. 과연 그로부터 며칠간은 상가가 철거되었다는 기사를 보았는데 수리실이 문을 닫았느냐, 이사를 했느냐, 묻는 전화가 하루에도 수차례 걸려왔다.

가동은 장막에 둘러싸인 채로 밤을 틈 타, 별다른 소리도 없이 분해되었다. 어느 날 수리실로 배달된 신문을 펼쳐보니 첨단기술이 동원된 소음 없는 공사라고 소개되어 있었다. 십삼층짜리 건물이 해체되는데 그토록 조용한 것이 이상하고 수상해서, 새벽까지 수리실에 남아서 일하는 여씨 아저씨에게 물어도, 특별한 소음을 듣지 못했다는 대답이 돌아왔다. 아침에 출근하는 길에 보면 밤사이 위로부터 한층씩 사라져서 장막이 한단씩 내려와 있었다.

마침내 가동을 밀어내고 남은 자리엔 재빠르게 공원이 조성되었다.

오무사는 이 과정에서 다시 사라졌다.

공원 주변으로 상가가 재정비되면서 부근의 상점들과 더불어 사라졌다. 오무사 노인의 것인지는 알 수 없었으나 가늘고 홀쭉한 그림자 하나가 어딘가로 이어진 채로 며칠 그 부근을 서성거리는 듯하더니 어느 날 그마저 사라졌다. 마음이 아쉬워 출근하는 길에 일부러 그쪽에 들러보면 간판도 떼어내지 않은 채로 가게들은 버려져 있었고, 누군가 유백색 페인트로 벽마다 커다랗게 가위표를 그려둔 좁다란 골목이 황량하게 빈 채로 다음 순서를 기다리고 있었다.

여씨 아저씨와 나는 이번에도 알고 보니 어딘가에 오무사가 문을 열어두고 있더라는 이야기가 들려오기를 기다리고 있었는데, 영 소식이 없었다.

봄에는 조경이 마무리 되었다. 장막이 모두 사라지고 첫번째 공원이 모습을 드러냈다.

짤막하게 올라온 잔디의 빛깔이 푸르고 싱싱했다.

테니스코트처럼 예쁘장한 모습이었다.

무재씨와 나는 늦게까지 상가에 남아 있다가 공원으로
내려갔다.

살금살금 걸어서 공원 가장자리에 설치된 긴 의자에 앉
았다. 긴 의자는 네사람이 앉을 만한 길이였고 중간쯤에
얼핏 봐서는 팔걸이처럼 보이는 딱딱한 가로막대가 붙
어 있었다. 무엇 때문에 이렇게 나눠놓았을까요,라고 묻
자 눕지 말라는 의미죠,라면서 무재씨는 의미 모르게 웃
었다. 나도 웃었다. 안개가 고인 밤이었다. 사오 미터 간
격으로 가로등이 박혀 있어 아주 어둡지는 않았다. 가로
등은 길쭉하게 위로 솟아 있었는데 윗부분에 조그만 삿
갓을 쓰고 있어 어찌 보면 버섯 같기도 하고 달리 보면
파수를 서고 있는 무사처럼 보이기도 했다. 잔디에 달라
붙은 안개가 가로등 불빛을 받고 반짝거렸다. 나는 안개
를 먹고 숨이 조금 갑갑했다.

무재씨는 먹을 것과 마실 것이 담긴 봉투를 가지고 있
었다. 그 속에서 샌드위치를 고르고 우유도 한갑 받아서
뜯었다. 잔디밭에 드문드문 박힌 출입금지 팻말을 바라

보며 먹고 마셨다. 왼쪽으로 고개를 돌리면 동서 방향으로 도심을 가로지르는 대로가 있었고 오른쪽으로 고개를 돌리면 가동이 사라져 고스란히 드러난 나동의 붉은 외벽이 보였다. 공원은 이 북쪽 벽을 바로 면하고 있어서 공원의 처지에서도 나동의 처지에서도 갑자기 잘린 것처럼 서로를 향해 육박해 있었다. 가동에서 길을 잃고 헤맨 적이 있는 나는 그 자리에 공원이 조성된다는 이야기를 듣고 매우 넓을 거라고 생각했는데, 이렇게 앉아서 보니 생각했던 것보다 작았다. 작네요,라고 멍하게 말하자 무재씨가 빈 우유갑을 반으로 접으며 생각했던 것보다 좁아서, 놀랐다고 말했다.

여기에 그 많은 사람들이 있었다는 이야기잖아요.

다 어디로 갔을까요.

하며 잔디밭 너머를 바라보았다.

무재씨와 내가 나란히 앉아서 바라보고 있는 방향으로 새로 심긴 단풍나무의 그림자가 늘어져 있었다. 밤 그림자라서 가장자리가 여러겹으로 겹쳐 있는 것을 보고 거기 어디쯤이 단발머리 할머니의 종이상자 병풍이 있던 자리일 거라는 생각이 들었다. 내가 그녀에 대해 말하자 무재씨도 그녀를 여러차례 보았다고 말했다. 그러냐고 말한 뒤로 얼마간 침묵이 흘렀다. 잠자리를 닮았으나 잠자리보다는 작고 모기보다는 큰 풀벌레 한마리가 비틀거리며 내 무릎 부근을 날다가 손등에 달라붙었다. 안개 때문에 날개가 무거워서 제대로 날지 못하는 것 같았다. 손등을 타고 손목으로 기어올랐다가 다시 손등으로 내려가서 숨을 죽인 채로 붙어 있는 것을 가만히 보고 있었다. 무재씨가 말했다.

은교씨는 슬럼이 무슨 뜻인지 아나요?

……가난하다는 뜻인가요?

나는 사전을 찾아봤어요.

뭐라고 되어 있던가요.

도시에서, 가난한 사람들이 사는 구역, 하며 무재씨가 나를 바라보았다.

이 부근이 슬럼이래요.

누가요?

신문이며, 사람들이.

슬럼?

좀 이상하죠.

이상해요.

슬럼.

슬럼.

하며 앉아 있다가 내가 말했다.

나는 슬럼이라는 말을 들어본 적은 있어도, 여기가 슬럼이라고는 생각해본 적이 없는데요.

나야말로,라고 무재씨가 자세를 조금 바꿔 앉으며 말했다.

아버지가 여기서 난로를 팔았어요. 어렸을 때 어머니나 누나들하고 와보면 멀리서부터 그가 가게 앞에 의자를 내어두고 앉아 있는 모습을 볼 수 있었어요. 우리가 오면 그는 어딘가로 사라졌다가 잠시 뒤에 나타나선 신문지에 싼 순대를 먹으라고 내주곤 했어요. 나는 아버지 곁에서 지나가는 사람들을 바라보며 길게 자른 순대를 베어 먹었고요. 손에 기름이 밴다고 순대 밑동에 신문지를 감아서 내어주던 모습이나, 집으로 돌아갈 때 동전 몇개를 쥐여주던 모습이 어제 보고 온 것처럼 선명한데요. 지금 생각해보면 장사를 어떻게 했을까 싶을 만큼 말도 그렇고 여러모로 서툰 점이 많은 사람이었는데, 함

께 순대를 먹으며 앉아 있다가도 사람이 지나가면 슬쩍 일어나서 말을 걸곤 했어요. 어린 마음에도 나는 이렇게 호객하는 아버지를 보는 것이 당황스럽고, 사람들이 그가 하는 말을 못 들은 척하며 지나가는 것이 싫어서 종종 울었거든요. 이유도 말하지 않고 우니까 못됐다고 혼도 많이 났지만 나는 그냥 속이 상했을 뿐이었고요. 그런 속을 모르고 혼을 내니까 더 속이 상해서 더 울고 더 혼이 나고, 하다보면 아버지가 더는 아무 말도 하지 않고 나로부터 고개를 돌리고 있었어요. 거기까지 되고 보면 나는 더 울 수가 없어서 아버지 곁에 그냥 서 있었고요. 돌아가신 지가 오래라 그런 기억이란 희미해질 법도 한데 도무지 그렇지가 않아서, 나는 이 부근을 그런 심정과는 따로 떼어서 생각할 수가 없는데 슬럼이라느니, 그런 말을 들으니 뭔가 억울해지는 거예요. 차라리 그냥 가난하다면 모를까, 슬럼이라고 부르는 것이 마땅치 않은 듯해서 생각을 하다보니 이런 생각이 들었어요.

라고 무재씨는 말했다.

언제고 밀어버려야 할 구역인데, 누군가의 생계나 생활계,라고 말하면 생각할 것이 너무 많아지니까, 슬럼,이

126

라고 간단하게 정리해버리는 것이 아닐까.

그런 걸까요.

슬럼, 하고.

슬럼.

슬럼.

슬럼.

이상하죠.

이상하기도 하고.

조금 무섭기도 하고,라고 말해두고서 한동안 말하지 않았다.

가동을 잘라내기 직전까지 수십년간 숨겨져 있었던 나동의 외벽이 이제는 단락된 모습으로 판판하고도 밋밋하게 솟아 있었다. 벽이 본래 그런 형태라는 것이 새삼스러워 물끄러미 바라보았다. 나는 다동으로 가고 싶지 않아요,라고 무재씨가 말했다.

가, 나, 다, 라,이므로 다로 간다고 해도 다음이 어차피 라. 그리고 마,까지 이어져서, 그다음엔 어떻게 될지.

더 먹을래요?라면서 무재씨가 봉투를 내밀었다. 나는 더 먹고 싶은 것이 없어서 망설이다가 오렌지 하나를 집었다. 무재씨가 봉투를 곁에 내려두고 오렌지를 받아서 껍질을 까주었다. 접시 대신이라며 배꼽 주변으로 활짝 펼쳐진 꽃잎 모양으로 솜씨 좋게 껍질을 벗긴 오렌지를 내 손에 쥐여주고, 무재씨는 다시 말을 이었다.

그래서 요즘 적당한 장소를 알아보고 있어요. 어차피 옮길 것이라면 지금보다 한가지라도 나은 점이 있는 곳으로 가자는 생각에. 이것저것 복잡한 것은 아무것도 모른다고 공 기사님이 일을 맡겨주셔서 열심히 알아보는 중인데, 장소가 적당하다 싶으면 가격이 지나치고 가격이 적당하다 싶으면 장소가 지나쳐서, 쉽지 않네요.

오렌지 두조각을 떼어내서 내밀자 무재씨가 그것을 받아서 먹었다.

더도 말고 지금만 한 장소를 찾아내기도 어렵다고나 할까, 막상 거길 나와 부근에 다른 장소를 얻으려니 두평 세평일 뿐인 본래의 공간이 아쉬울 뿐이라고나 할까. 공방에서 하는 일이 쇳덩이를 받고 보내는 일이라서 외곽으로 나가는 것도 생각해볼 수 없고.

찾을 수 있을 거예요.

그럴까요?

다들 그렇게 하잖아요.

……

……

어디로 갈까.

……

……

……

조용하네요.

네.

예쁘네요.

예쁘지만, 이상한 기분이 드네요,라며 무재씨는 물끄러미 공원을 바라보고 있었다.

항성과 마뜨료슈까

배드민턴이라도 할까요?

네.

언젠가,라는 의미로 대답했는데, 무재씨가 왔다.

나는 요즘 잠이 오지 않아요, 운동을 하면 어떨까요, 운동을 하면 잠이 올까요, 오던데요, 그러면, 하고 전화로 대화를 나눈 뒤였다. 지금 갑니다,라는 말을 듣고 어리둥절해져서 전화를 끊고 시계를 보니 밤 아홉시가 넘어 있었다. 진심일까, 싶었는데 그로부터 삼십분이 지난 뒤에 무재씨가 수통과 배드민턴 채를 챙겨서, 자전거를 타고 왔다.

배드민턴 합시다.

십여개의 정거장을 자전거로 지나왔다는 말을 듣고, 배

드민턴이고 뭐고 무재씨, 여기까지 오는 것만으로도 상당한 운동이 되지 않았을까요,라고 생각했으나 묻지는 않고 잠자코 있었다. 근처에 근린공원이 있어 그리로 갔다. 마침 잘되었다며 무재씨는 의욕이 넘쳤다.

은교씨, 배드민턴 해본 적 있어요?

있어도, 어렸을 때 체육시간에 한번 해보고는 한 적이 없다고 말하자, 걱정 말아요, 배드민턴하고 수영은 한번 마스터하면 평생 잊지 않는다잖아요,라며 배드민턴 채를 내 손에 쥐여주고 무재씨는 저리로 멀어져갔다.

수영하고 자전거가 아니고요?

그보다 그렇게 밝은 목소리로 마스터,라니 무재씨, 오늘은 좀 이상하네요, 말이 많이 이상하네요.

채를 쥐고 이렇게 우두망찰하게 생각하고 있을 때, 갑니다, 하며 저쪽에서 무재씨가 쳐낸 공이 날아왔다. 밤하늘을 향해 솟구쳤다가 찰나 체공하는 것을 멍하니 바라보고 있자 문득 생각났다는 듯 공이 떨어져 내렸다. 이쯤일 거라고 짐작하고 힘껏 채를 휘둘렀는데 채는 허공을 때리고 공은 소리도 없이 바닥으로 떨어졌다.

끝까지 바라봐야지요.

라고 무재씨가 말했다.

공이 정점에 이를 때까지 보고 있다가, 떨어지기 시작해서 반박자쯤 늦었다 싶은 시점에서, 때리는 거예요.

알았어요.

하고 공을 보내자 무재씨가 공을 쳐냈다. 깃털 달린 고무공이 뱅글뱅글 날아올랐다. 몇번인가 공을 쳐내고 공을 보냈다. 무재씨가 보내오는 공은 너무 높아서 힘껏 팔을 뻗어도 머리 위로 넘어가기가 일쑤였다. 높다고 불평하자 높아도, 언젠간 떨어지잖아요, 그때를 노리면 되죠,라면서 무재씨는 은근히 약올리듯 말했다.

갑니다, 가요, 해가며 배드민턴을 한 다음에는 트랙 위를 달렸다. 씨름판을 겸한 둥근 모래밭을 왼쪽에 두고 서 있다가 출발했다. 갑시다, 하더니 무재씨는 척, 척, 트랙 위를 달려서 금세 시야에서 사라졌다. 공원 가장자리를 따라 한바퀴를 온전히 달리면 이백구십팔 미터를 달리게 되어 있는 녹색 트랙이었다. 최근에 새로 바닥을 입혀서 적당한 탄력이 있었다. 아직 새파란 단풍나무와 은행나무 사이를 혼자서 달리며 대체 나는 무엇 때문에 이 밤에 이렇게 뛰고 있나, 생각했다. 한참 달리고 있을 때 뒤쪽에서 옷깃이 스치는 소리가 삿, 삿, 삿, 하고 들리더니 무재씨가 은교씨, 하며 앞서나가고는 또 금세 모퉁이를 돌아 사라졌다.

은교씨.

은교씨.

하며 두어차례 같은 일이 반복되었다. 안 되겠다, 싶어서 반대쪽으로 달리기 시작해서 이쪽을 향해 달려오는 무재씨를 잡았다. 어, 하고 제자리 달리기를 하며 무재씨는 고개를 갸웃거렸다.

은교씨, 왜 그쪽에서 와요?

같이 달려요.

그러고 있어요.

아뇨, 계속 엇갈리고 있잖아요.

이대로는 우리 마치, 공전 주기가 다른 위성들 같아서, 라고 하자 무재씨는 음, 하며 두 발을 가지런히 내려놓았다. 은교씨, 틀렸어요,라고 무재씨가 말했다.

공전하는 것이라면 행성이라고 해야죠.

행성인가요?

움직이지 않는 것이 항성, 항성의 둘레를 도는 것이 행성, 행성의 둘레를 도는 것이 위성.

……둘레를 돈다는 점은 같은데요.

엇.

행성이 돌고, 위성이 돌잖아요? 모두, 공전인 거죠.

그러네요.

행성이고 위성이고, 이것저것 젠장 도는 것뿐이네요,라면서 무재씨는 걷기 시작했다. 무재씨와 나란히 걸었다. 마주 오거나 뒤에서 오는 자전거가 있으면 내가 무재씨의 뒤로 가거나 무재씨가 내 뒤로 오거나 하면서 천천히 걸었다. 부부인 듯한 남녀가 운동복을 단정하게 입은 모습으로 지나가고 노란 모자를 눌러 쓴 여자가 뒷걸음으로 우리 앞쪽에서 걸어와서 뒤쪽으로 흘러간 뒤로는 짧은 반바지를 입은 남자가 경보를 하듯 야무진 걸음걸이로 무재씨와 나 사이로 지나갔다. 저쪽 모퉁이에서 아까참에 엇갈려 지나간 부부가 이쪽을 향해 걸어오고 있는 것이 보였다.

무재씨가 말했다.

은교씨, 우리도 도네요.

걷고 있는데요.

걸으면서 도는 거죠.

나는 그냥 걷는 것으로 할래요.

그냥 걸어도 지구는 둥그니까, 결국은 도는 거죠.

무재씨, 그렇게 말하면 스케일이 너무 커져요.

행성도 되고 위성도 되고.

뭐가요?

우리가요.

한동안 말없이 걸었다. 한밤인데도 운동을 하러 나온 사람들이 많았다. 각자가 가로등 불빛 속에서 맨손 체조를 하거나 기구를 사용하거나 줄넘기를 하거나 트랙을 따라 달리고 있었다. 조금 전의 대화는 조금 전으로 마무리된 줄 알았는데 문득 무재씨가 말했다.

은교씨는 뭐가 되고 싶나요, 행성하고 위성 중에.

나는 도는 건 싫어요.

혜성은 어떨까요.

혜성도 돌잖아요? 핼리 같은 것이.

핼리, 하며 생각에 잠겨 있다가 유성은 어떨까요,라고 무재씨가 말했다.

유성이라면 적당하지 않을까요.

타서 사라지잖아요. 허망해.

허망하므로.

이렇게 세바퀴 정도를 걷다가 공원의 동쪽 입구에서 멈췄다. 무재씨가 입구에 묶어두었던 자전거를 끌고 왔다. 이제 잠이 올까요,라고 묻자 올 것 같기도 하다면서 무재씨는 페달에 발을 올렸다. 조심해서 가라는 인사를 나눈 뒤에, 몸을 앞으로 기울이고 두어번 페달을 밟아 몇미터를 나아가다 말고 무재씨가 뒤를 돌아보았다. 은교씨, 실은 아까 틀렸어요,라며 왼발로 자전거를 버티고 서서 말했다.

내가 틀렸어요.

무엇을요?

항성도 사실은 돌거든요.

움직이거든요,라고 말해두고 무재씨는 다시 비틀비틀 출발해서 순식간에 멀어져갔다.

이튿날 상가에서 무재씨를 만났다.

잘 잤나요?

라고 물어도, 무재씨는 애매하게 웃을 뿐이었다.

*

녹지 공원에서는 매주 축제가 벌어졌다.

금요일이나 토요일이면 아침부터 철제 빔이나 조명기구 등을 잔뜩 실은 트럭이 도착했고, 행사를 준비하는 사람들이 분주하게 오갔다. 정오쯤이면 잔디밭 위에 무대가 완성되었다. 관객석 쪽엔 잔디가 상하지 않도록 교묘하게 뜬 마룻장이 펼쳐졌다. 정오가 조금 지나고 나면 한두차례 스피커가 울고 난 뒤엔 음악이 이어졌고, 축제 진행자가 마이크에 대고 외치는 소리, 뭐라 뭐라 말하는 소리, 여러 사람이 고함을 지르는 소리 등이 머리가 얼얼할 정도로 크게 들려왔다. 나동에서도 공원 쪽으로 바짝 면한 수리실에서는 창을 닫아도 들려오는 소음을 어떻게 해볼 수도 없어서, 창을 열었다가 닫았다가 하며 행사가 마무리되길 기다려야 했다. 음악이 들려오기 시작하면 여씨 아저씨는 씨발 씨발 도무지 일에 집중할 수가 없다며 당구장으로 내려갔다. 나는 언제까지고 창을 닫아두는 것도 덥고 숨이 막혀서, 창을 열어둔 채로 멍하니 앉아서, 캐비닛 위에 얹어둔 무재씨의 떡잎이 분주하게 움직이는 것을 바라보고는 했다.

그런 방식으로, 축제가 벌어지면 나동 북쪽 외벽과 정면 진입로엔 장막이 걸렸고, 그 뒤쪽엔 아무것도 신경쓸 것이 없다는 듯 고성과 방가가 이어졌다. 장막 저편이 시끌벅적해질수록 나동은 없는 듯 어두워지고 적막해졌다. 나동의 남쪽 외벽과 엘리베이터 곁엔 사십년 된 나동이 아직 장사를 하고 있으며 앞으로도 이십년은 더 장사를 할 것이라는 문구가 들어간 현수막과 알림쪽지가, 어째선지 몹시 더럽혀진 채로 붙어 있었다.

나동에 관한 협상은 더디게 진행되고 있는 듯했다. 가동의 사정과는 다르게 나동은 워낙 잘게 쪼개진 상태로 이사람 저 사람에게 소유되고 있기 때문에 협상이 수월하지 않다는 소문이 있었다. 부동산 경기침체로 공기업에서 쳐준다는 값이 마땅치 않아 소유주들이 망설이고 있다는 이야기가 있었고, 그런 와중에 나동을 여러 구역으로 나누어서 앞쪽의 몇 구역만 공기업에서 사업을 진행하고 나머지를 민간에 맡긴다는 이야기도 있었다. 평당 삼억이니 이억이니 하는 이야기를 다른 나라의 사투리로 전해주는 이야기처럼 듣고 있다가 나는 여씨 아저씨에게 물었다.

민간이라면, 어떤 사람들을 말하는 걸까요?

민간이라면 돈이지.

돈인가요?

돈이야.

돈이라 무서운 거야,라면서 여씨 아저씨는 정부가 첫 삽을 보란 듯이 뜨고 난 뒤에 삽자루를 슬쩍 넘긴 셈이라며 어떻게든 그런 식이라고 씨발 씨발, 하고 말했다.

만사, 변하질 않는단 말이지.

요즘은 그림자도 승하고.

이렇게 말하며 은근슬쩍 그림자를 앞세우고 출근하는 날도 있었다.

*

닭 먹을래요?

라며 토요일엔 무재씨가 닭튀김을 가지고 수리실로 올라왔다. 알아서 문을 닫고 가라며 여씨 아저씨는 당구장으로 내려간 참이었다. 속이 빈 스피커를 뒤집어두고 그 위에 음식을 펼쳤다. 공원 쪽에서는 건강한 야채 토마토, 토마토 야채 토마토,라고 악의도 없는 가락으로 노래가 이어지고 있었다. 말을 제대로 전달하려면 목소리를 일부러 크게 내야 했는데 그러기도 민망해서 묵묵히 닭을 먹었다. 닭튀김은 뜨겁고 바삭바삭하고 간장이 적당한 농도로 배어서 맛이 좋았다. 무재씨는 내가 튀김 조각을 집어들 때마다 그것은 날개, 그것은 가슴, 그것도 가슴, 하며 참견을 하고 있었다. 은교씨, 하고 무재씨가 평소보다 큰 목소리를 내서 말했다.

많이 먹어요.

먹고 있어요.

목 먹을 사람.

나는 목 안 먹어요.

내가 먹어볼까요?

하더니 무재씨는 검지만한 길이로 구부러진 목을 집어서 빨다가 입에 넣고 오독오독 씹다가 손바닥에 동글납작한 뼈를 한 마디씩 뱉었다.

무슨 맛인가요.

닭 맛이네요.

목 맛이 아니고요?

은교씨, 하고 무재씨가 오물오물 먹고 있다가 말했다.

목 맛은 무슨 맛인가요.

⋯⋯납.

납?

왜냐하면 목이란 무겁고 피로한 기관이라는 생각이 들어서요. 다양한 것을 삼키려면 아무래도, 그러다보니 아무래도, 다른 맛이 나지 않을까 싶고, 무겁고 피로하다면 납,이라는 생각이 들어서요.

그렇군요.

먹는데, 미안해요.

아니에요.

해두고 무재씨는 미간을 찌푸린 채로 닭을 먹으며 뭔가를 여러가지로 생각하는 듯해서 정말로 괜한 이야기를 했다고 나는 후회하고 있었다. 그러고 보니, 하고 무재씨가 말했다.

닭이요, 사람에게 먹히는 생물 중에 피로도가 가장 높을 것 같다는 생각이 드네요.

많기도 많고,라면서 무재씨는 가느다란 뼈를 입에서 빼내 곰곰이 들여다본 뒤 냅킨 위에 조심스럽게 올려두었다. 토마토 야채 토마토, 하며 들려오던 노래는 이제 멈춰서 한결 조용했다.

은교씨, 하고 무재씨가 말했다.

나는 어젯밤에요, 그림자에 발이 걸렸어요.

*

뭐라고요?

걸려서요.

넘어졌어요,라면서 무재씨는 이런 이야기를 들려주었다.

*

어제는 늦게 집으로 돌아갔다. 늦은 줄도 몰랐는데 집에 도착해서 오늘은 유난히 발이 아프다고 생각하며 시계를 보니 늦은 시간이었다. 한동안 현관에 앉아 있다가 씻으려고 일어났다. 욕실 쪽으로 서너걸음 걷다가 넘어졌다. 분명 발이 걸렸다. 걸릴 만한 것이 없는데,라고 생각하며 뒤를 돌아보니 그림자 끝이 반뼘쯤 솟아 있었다. 바닥에 남은 것은 희미한데 거기서 솟아난 것은 조금 더 분명한 빛깔을 띠고 있어서, 내 그림자란 이렇게 솟는구나, 하고 생각했다.

만져보았다.

종잇장처럼 얇고 맥없을 거라고 생각했으나 막상 만져보니 그렇지도 않았다. 그렇다고 어떤 느낌이라고 딱 말할 수 있는가 하면 그도 아닌 게, 애매했다. 만지고 만져도 애매했다. 갓 솟아오른 그림자란 그토록 애매한 것일지도 모르겠다. 들여다보고 있는 동안 조금 더 올라온 듯한 느낌이 들었지만 일단은 피곤해서 내버려두고 씻는 등 다른 일을 했다. 집 안을 여기저기 돌아다니는데도 그림자가 몸을 따르지 않았다. 그림자 끝이 고정된 채로 몸만 이리저리 움직이다보니 솟아오른 그림자 쪽으로 자연스럽게 중심이 가버린 듯하고, 사슬에 묶인 발목처럼, 아니 개 끈에 묶인 개처럼, 아니 중심을 의식하지 않을 수 없는 컴퍼스처럼, 아무래도 신경이 쓰였다.
그림자는 그 틈에 조금 더 자랐다. 잠자리에 들기 직전
에 본 것은 머리와 목과 어깨를 갖추고 이제 막 왼팔을
빼내려는 듯한 형태였고, 바닥으로부터 약간 비딱하게
솟아 있었다.

그리고 잤어요?

라고 묻자 무재씨는 잤다,면서 고개를 끄덕였다.

어제는 모처럼 잠이 와서요. 잠이 오는데도 자지 않는다
면 아까워서.

아무 일 없었느냐고 묻자 아무 일도 없었던 것은 아니라
며 고개를 저었다.

밤에 목이 마르고 가슴 언저리가 괴로워서 눈을 떴다.
뭔지 모르게 부산스러운 꿈을 꾸었는데, 내용은 전혀 기
억이 나지 않았다. 더위에 짓눌리며 낮잠을 자고 일어난
것처럼 그저 머리 윗부분이 괴로웠다. 그림자 같은 것
은 완전히 잊은 채로 한동안 누워 있었다. 바닥이 차갑
고, 무언가가 묵직하게 등을 당기는 듯해서 옆으로 돌아
누웠다. 그때 뭔가 들러붙었다. 등 쪽으로 빈틈없이 붙
어서 꼼짝도 할 수 없었다. 대단히 힘이 셌다. 엎드리지

도 못하고 돌아눕지도 못한 채로 밀착되어 있었다. 밀면 미는 만큼 등 뒤에서 강하게 반발하는 힘을 느끼며 애를 쓰는 와중에, 차피, 차피,라고 속삭이는 것을 들었다. 자세히 듣고 보니 어차피, 어차피,라고 말하고 있기에 소름이 돋았다. 그것이 밀어붙이는 대로 몸이 뒤집히면 만사 끝장이라는 생각으로 힘을 다해 버텼다. 강하게 강하게 밀어오는 것을 끈질기게 버텼다. 빈틈을 노려 단숨에 몸을 뒤집고 보니, 기척이고 뭐고 이미 사라지고 없었는데, 도무지 알 수 없었다. 가위에 눌린 것인지, 그림자였던 것인지.

여하간에 그 뒤로는, 자지 못했어요,라고 무재씨가 말했다.

*

그날 밤엔 나도 좀처럼 잠들 수 없었다.

해뜰 무렵에야 간신히 잠들었다가 정오가 지나서 일어났다. 답답하고 갑갑한 마음에 자전거를 타고 나섰다. 날씨가 맑았다. 자전거로 달리곤 하는 길을 천천히 한바퀴 돌고 집 앞을 지나쳐서 계속 달렸다. 날이 맑으니,라고 생각하며 무재씨가 사는 집 쪽으로 방향을 잡았다. 십여 개의 정거장을 싹싹 지나가는데 도중엔 자전거로 지나 가기가 적당하지 않은 교차로나 대로 같은 곳도 있어서 이런 곳을 밤에, 무재씨가 왔구나, 갔구나, 생각하니 그 밤의 뒷모습이 보이는 듯하고 애틋했다. 부지런히 페달 을 밟았다. 약국 앞에 자전거를 세워두고, 있을까, 생각 하며 전화를 했더니 무재씨가 전화를 받았다. 몇마디 말 을 나누고 우물쭈물하다가 때마침 부근이라고 말하자 헐렁한 티셔츠에 반바지 차림으로 무재씨가 나왔다.

저쪽에서 걸어오는 모습을 가만히 바라보았다. 정오 무 렵의 짤막하고 짙은 그림자가 무재씨의 발밑에서 유연 하게 늘어났다 줄었다 하며 무재씨를 따르고 있었다. 가 까이 다가온 무재씨는 부스스하고 피로해 보였다. 어제 는 잠을 잤는지 자지 못했는지, 다짜고짜 그런 것을 물 어도 되는지 몰라서 바라보고 있자 무재씨도 물끄러미 나를 보고 있다가 말했다.

점심 먹었어요?

나는 먹지 않았다고 대답했다.

메밀국수 만들어먹을까요.

하며 돌아서는 무재씨를 따라갔다.

나는 뭐라고 말하고 싶은 것이 잔뜩 있는데도 그중에 뭐라고 말로 할 수 있는 것이 없어서 자전거 핸들을 꽉 잡았다가 느슨하게 놓았다가 하며 안절부절 못하고 있었는데, 무재씨는 침착하게 무를 고른 뒤에 쪽파로 할까요, 실파로 할까요,라며 망설이고 있었다. 쪽파든 실파든 어차피 파, 똑같은 것이 아니냐고 말하자 뿌리의 형태가 다르고 엄연히 맛도 다르다면서 무재씨는 조금 더 고민을 하다가 쪽파를 집었다.

이쪽이에요.

하며 이끄는 대로 한산한 시장을 통과해서 건물과 건물 사이에 비좁은 면적으로 솟은 건물 앞에 당도했다. 일층에 허름한 칼국숫집이 문을 열어두고 있었다. 입구 부근에 작은 인공연못이 있어 들여다보니 금붕어 세마리가 이따금 지느러미를 흔들며 바닥 근처에 머물고 있었다. 자전거를 부근에 묶어두고, 미지근한 물냄새가 나는 좁은 계단을 사층까지 올라가서 조그만 문을 열고 옥상으로 나갔다. 오렌지색 벽돌을 쌓아 만든 옥탑이 있었다. 바지랑대로 버틴 줄에서 빨래 몇장이 마르고 있었고 차양 밑에서 작은 용량의 세탁기가 조용히 돌아가고 있었다. 난간으로 다가가자 금방 지나온 시장이 내려다보였다. 빛바랜 만국기 아래로 드문드문 오가는 사람들이 보였다. 한낮이라 햇빛이 눈을 쏘는 듯했다. 이불 말리기에 좋겠다고 멍하게 생각하고 있는데 무재씨가 등 뒤에서, 이불을 널면 잘 말라서 좋아요,라고 말해서 조금 놀랐다. 보라색 타일이 단정하게 깔린 현관에 신발을 벗어두고 올라섰다. 무재씨는 별다른 가구랄 것도 없이 공간을 많이 남겨둔 채로 지내고 있었다. 라디오 하나, 전화기 하나, 이불을 얹어둔 서랍장 하나 정도가 있었고 타고 남은 모기향을 얹어둔 접시와, 전자 칩이며 구리선을 심어둔 화분 하나가 현관 근처에 놓여 있었다. 화분에 어째서 그런 것을 심었느냐고 묻자 심은 것은 아니고 퇴근하고 보면 자기도 모르는 사이에 주머니에 그런 것들이 들어가 있을 때가 있는데 아무 곳에나 놓아두면 밟을수도 있어서 아예 방으로 들어서면서 박아두는 것이라고 무재씨는 말했다. 나도 이따금 그럴 때가 있어서, 무재씨는 이렇게 해두는구나, 하고 들여다보았다. 무재씨는 찬장을 열고 냄비를 고르고 있었다. 나는 옥탑을 둘러보았다. 서쪽을 향한 창엔 가장자리 올이 풀린 노란색 커튼이 묶여 있었다. 창이 커서 공간이 무척 밝았다. 그릇을 엎어둔 싱크대 옆엔 냉장고가 놓여 있었는데, 그 곁에 묘하게 반들거리는 것이 있었다.

*

오뚝이인가요?
라고 묻자 마뜨료슈까,라는 것이라고 무재씨가 말했다. 쌀독만 한 크기였고 붉은 머릿수건을 쓴 소녀가 그려져 있었다. 셋째 누나가 누군가로부터 선물받은 것인데 결혼을 해서 일단 가져갔던 것을 매형이 기괴하다며 싫어해서 여기 놓아둔 것이라고 무재씨는 말했다. 나는 그런 것을 처음 보았다. 신기해서 들여다보고 있자 무재씨가 마뜨료슈까의 둥근 머리에 손을 올리고 말했다.
열어볼까요?

그래도 되나요?

안 될 것 있나요.

하며 마뜨료슈까를 열기 시작했다. 첫번째 마뜨료슈까
의 그늘 속에 두번째 마뜨료슈까가 담겨 있었다. 무재씨
가 두번째 마뜨료슈까를 달각, 하고 열자 그 속에 세번
째 마뜨료슈까가 역시 그늘진 채로 담겨 있었다. 무재씨
는 계속 달각거리며 마뜨료슈까를 열어갔고 내가 그것
을 받아서 근처 바닥에 내려놓았다. 마룻바닥에 거대한
도장 모양의 마뜨료슈까 상반신이 늘어갔다. 울거나 웃
거나 놀라거나 무표정하거나 애매한 표정을 하고 있는
둥근 소녀들이 햇빛을 받고 반들거렸다. 머릿수건의 무
늬며 옷의 종류며 머리칼이며 눈동자 색깔이 조금씩 달
랐다. 전부 몇개냐고 묻자 무재씨는 열두번째의 마뜨료
슈까 상반신을 옆구리에 낀 채로 마뜨료슈까 속의 마뜨
료슈까를 내려다보았다.

스물아홉개 정도 있는 것 같은데요.

많네요.

계속 열까요?

기왕에 열었으니 마저 열어보죠,라고 의견이 일치해서

달각, 달각, 달각, 달각, 달각, 하고 열었다. 스물여덟개의 상반신을 마루에 늘어놓고 마지막에 남은 것을 들여다보았다. 갈색을 띤 둥근 알맹이 같은 것이었다. 완두콩보다도 작았다. 간신히 눈썹과 입이 그려져 있었는데 갓난아기 같기도 하고 노인 같기도 한 얼굴이었다. 무재씨가 그것을 집어서 내 손바닥에 올려주었다. 말할 수 없이 가벼웠다. 얇은 껍데기를 통해서 강정처럼 빈 공간이 느껴졌다. 손바닥을 기울이자 손금을 따라 손가락 쪽으로 가볍게 굴렀다. 맥없이 바닥으로 떨어졌다. 주우려고 발을 내밀었다가 밟고 말았다.

앗.

하고 난 뒤로 뭐라고 말하지도 못하고 굳어 있는 틈에 무재씨가 부서진 조각을 주웠다. 사탕 부스러기를 줍듯 꼼꼼하게 손끝으로 찍어서 손바닥에 올렸다. 다 모은 것을 들여다보니 더는 알맹이도 마뜨료슈까도 아니었다. 돌이킬 수 없도록 아니었다.

부서졌네요.

무재씨, 미안해요.

아니에요.

미안해요.

부스러기를 쓰레기통에 털어버리고, 열 때보다는 조금 힘들게 마뜨료슈까를 닫아갔다.

달칵.

달칵.

달칵.

달칵.

하고 닫아서 전처럼 여러겹인 한개의 마뜨료슈까로 남겨두었다. 미안해요,라고 거듭 말하자 괜찮아요, 조금도 신경 쓸 것 없어요,라고 대답해두고 무재씨는 흐르는 물에 무를 씻었다.

*

마뜨료슈까는요,라고 무재씨가 강판에 무를 갈며 말했다. 속에 본래 아무것도 없는 거예요. 알맹이랄 게 없어요. 마뜨료슈까 속에 마뜨료슈까가 있고 마뜨료슈까 속에 다시 마뜨료슈까가 있잖아요. 마뜨료슈까 속엔 언제까

지나 마뜨료슈까, 실로 반복되고 있을 뿐이지 결국엔 아무것도 없는 거예요. 그러니까 있던 것이 부서져서 없어진 것이 아니고, 본래 없다는 것을 확인한 것뿐이죠.

무재씨, 그건 공허한 이야기네요.

그처럼 공허하기 때문에 나는 저것이 사람 사는 것하고 어딘가 닮았다고 늘 생각해왔어요.

라고 말하며 무재씨는 주먹만 하게 줄어든 무를 쥔 손으로 마뜨료슈까를 가리켜 보였다.

기본적으로, 사는 것이 그렇다고 나는 생각해왔거든요. 주변에서 일어나는 이런저런 그림자들을 목격하면서, 그런 생각을 조금씩 삼켜왔다고나 할까, 점차로 물이 들었다고나 할까. 이를테면 이런 이야기도 있는 거예요. 나는 중학생이었을 무렵에 어머니하고 누나들과 외곽 동네에서 살았어요. 도로에서도 멀고 막다른 곳이라 사는 사람도 많지 않고, 어쩌다 길을 잘못 든 차들이 돌아나가곤 할까, 사람의 왕래도 많지 않은 동네였어요. 우리가 사는 집의 뒤쪽엔 손수레를 끌고 다니며 박스를 줍는 할머니가 혼자 살고 있었는데, 어느 날 다른 동네에서 거기까지 박스를 주우러 온 할아버지를 맞닥뜨려서,

다툼이 일어난 거예요. 뭔가 시끄러워서 나가보니 대낮에 길 복판에서 박스와 넝마 몇가지를 두고 고래고래 싸움이 벌어진 것이었어요. 나로선 듣도 보도 못한 욕설이 오가고 두 노인이 서로 격렬하게 저주하며 상대방의 손수레에서 넝마를 끄집어내 던지다가 할아버지는 가고 할머니가 남았거든요. 할머니가 분하고 원통하다고 가슴을 두드리며 자기 집으로 들어가는 것을 나는 보았거든요. 능소화가 늘어진 콘크리트 블록 담 앞에서 그녀의 그림자가 엄청나게 부풀어 오른 머리를 그녀 쪽으로 기울이는 것을 나는 보았거든요. 그녀가 자신의 집으로 들어간 뒤에도 그 길엔 넝마가 실린 그녀의 손수레가 남아 있었어요. 한낮에 그걸 보고 나도 집으로 들어갔는데 해질 무렵에 나와 보니 그대로 수레가 남아 있어서 어떻게 된 일일까, 하고는 말았는데 이날 할머니가 돌아가신 거였어요. 마당에 넘어져 있는 그녀를 동네 사람들이 발견했어요. 지병 때문에 가슴이 굳은 것이라고 당시 어른들이 말했지만 나는 그들이 쉬쉬하며 수군거리는 것처럼, 그녀가 결국 그림자를 견디지 못해서 죽은 거라고 생각했어요. 자식들이 찾아와서 장례를 치르고 난 뒤로도 그녀의 손수레는 며칠이고 모퉁이에 남아 있었어요. 실린 것도 몇가지 없이 박스 몇개하고 스티로폼 조각하고 비닐 같은 것들이었는데 나는 그 앞에서 그것들을 들여다 보면서 이런 것들 때문에 죽는구나, 사람이 이런 것을 남기고 죽는구나, 생각하고 있다가 조그만 무언가에 옆구리를 베어 먹힌 듯한 심정이 되어 집으로 돌아갔다는 이야기예요.

무재씨는 오른손에 마른 메밀면 한줌을 쥐고 서서 냄비속을 들여다보았다.

은교씨, 나는 특별히 사후에 또다른 세계가 이어진다고는 생각하지 않고요, 사람이란 어느 조건을 가지고 어느 상황에서 살아가건, 어느 정도로 공허한 것은 불가피한 일이라고 생각했거든요. 인생에도 성질이라는 것이 있다고 말할 수 있다면, 그것은 본래 허망하니, 허망하다며 유난해질 것도 없지 않은가, 하면서요. 그런데 요즘은 조금 다른 생각을 하고 있어요.

어떤 생각을 하느냐고 나는 물었다.

이를테면 뒷집에 홀로 사는 할머니가 종이박스를 줍는 일로 먹고산다는 것은 애초부터 자연스러운 일일까,

하고.

무재씨가 말했다.

살다가 그러한 죽음을 맞이한다는 것은 오로지 개인의
사정인 걸까, 하고. 너무 숱한 것일 뿐, 그게 그다지 자연
스럽지는 않은 일이었다고 하면, 본래 허망하다고 하는
것보다 더욱 허망한 일이 아니었을까, 하고요.

*

은교씨, 무하고 파를 그렇게 많이 넣으면 매워요.

나는 맵게 먹을래요.

너무 매워요.

라면서 무재씨는 내 그릇에서 건더기를 한 수저 덜어내
고 장국을 부었다. 얼음조각이 달각거리며 떠올랐다. 찬
물에 헹군 메밀면을 조금씩 장국에 담가 먹었다. 무재씨
도 나도 말하지 않았다. 면이 무척 차가워서 입에 넣을
때마다 이가 시렸다. 활짝 열어둔 문으로 햇빛이 들이쳐
서 비스듬하게 탁자 모서리에 걸려 있었다. 구름이 해를

가린 듯 그 자리가 문득 탁해졌다가 다시 밝아졌다. 그
것을 보고 있다가 고개를 들었을 때, 무재씨의 그림자를
보았다. 무재씨의 곁에서 무재씨보다는 작은 규모로 솟
아 있었다. 윤곽이 닮았으나 얼굴이랄 것도 없이 검게
말라 있었다. 무재씨는 그림자를 내버려두고 생각에 잠
겨 있었다. 무재씨, 하고 불러도 이쪽을 바라보지 않았
다. 무슨 생각엔가 골똘히 몰두한 채로 차가운 것을 하
염없이 먹고 있었다.

무재씨.

무재씨.

목이 막혀서, 정말로 내가 목소리를 내고 있는 걸까, 싶
을 정도로 조그맣게 부르고 있는데 그림자가 탁자에 슬
그머니 팔을 올렸다. 가냘프나마 손등과 손가락의 형태
를 가진 검은 손이 내 쪽을 향하고 있었다. 이쪽으로 뻗
으려나 싶었지만 탁자에 얹어두기만 하고 더는 움직이
지 않았다.

가만히 앉아 있었다. 그림자가 일어나고부터 무재씨는
어쩐지 기척이 없는 듯 보였다. 그림자 곁에서 젓가락으
로 면을 집어서 입으로 가져가고 천천히 면을 씹고 삼키

고 하며 끊임없이 움직이고 있는데도 사람이 희박해보였다. 이따금 구름이 지나가며 해를 가렸다. 큰 구름이 지나갈 때는 사방이 도로 맑아지기까지 조금 시간이 걸렸다. 몇차례 옥탑이 탁해졌다가 맑아졌다가 하는 틈에 그림자는 가라앉았다. 어느 순간 몸을 따라다니는 그림자로 돌아가서 더는 기척이 없었다. 바깥에서 한꺼번에 쇠를 갈아대듯 매미가 울었다. 무재씨는 면에 엉긴 겨자 덩어리를 덜어내고 있었다. 나는 핏기가 가신 손으로 오이짠지를 집었으나 씹을 의욕도 없었으므로 장국에 담근 채로 바라보았다.

은교씨, 하고 무재씨가 말했다.

그렇게 해두면 짜잖아요.

내버려두세요.

장국 새로 만들어줄까요?

아니요.

배불러요?

아니요.

왜 그래요.

무재씨.

네.

나는 이렇게 차가운 음식 말고 따뜻한 음식이 먹고 싶어요, 국물이요, 먹으면 배가 따뜻해지는, 따끈하고 맑고 개운한 국물이 있는 것을, 듬뿍 먹고 싶거든요,라고 훌쩍거리며 말하다가 코를 닦고 국수를 마저 먹었다.

세탁기가 탈수를 마쳤다고 조그맣게 알람하고 있었다.

섬

갑시다.

따끈하고 맑고 개운한 국물 먹으러,라고 무재씨가 말했을 때는 가까운 바지락 칼국숫집에라도 가자는 말인 줄 알았는데, 다음 주말이 되어 집에 머물고 있을 때 연락이 왔다.

지금 출발하니까 팔분 뒤에 나와요.

다짜고짜 그렇게 말해두고 전화를 끊어서, 어디로 나오라는 것인지도 묻지 못했다. 다급히 머리를 말리면서 오분이면 오분이고 십분이면 십분이지, 팔분이란 어떻게 배당된 시간일까,라고 생각하는 틈에 팔분이 지났다. 창을 열고 내다보아도 무재씨는 보이지 않았다. 어디까지 나가야 하는지를 몰라서 대강 슬리퍼를 신고 바깥으로 나가보자 골목 입구에 무재씨가 서 있었다. 얼른 봐서도 매우 낡은 차를 등지고 서서 그리로 오라고 손짓을 하고 있었다. 그리로 뛰어갔다. 국물 먹으러 갑시다,라면서 무재씨가 조수석 문을 열어주었다. 무재씨, 하고 나는 배를 누르고 웃으며 말했다.

차가 굉장히 낡았어요.

그죠?

라면서 무재씨도 으하하, 하고 웃었다.

따끈하고 맑고 개운한 국물을 먹으러 출발했다. 엉덩이 닿는 부분이 푹 꺼진 조수석에 푹 꺼진 채로 앉아 있다가 룸미러를 만져보고 조수석 앞에 붙은 서랍도 열어보았다. 보험증을 끼워둔 수첩과 목장갑 한짝과 동요 카세트테이프 두개가 들어 있었다. 보험증을 제외하고는 모두 며칠 전까지만 해도 이 차의 소유주였던 사람의 것이라며 그가 최근에 새로 중고차를, 새로 중고차라니 말이 많이 이상하지만, 하여간 마련해서, 삼만원 주고 이 차를 넘겨받았다고 무재씨가 말했다. 굉장히 싸네요!라고 말하자 낡았으니까요!라고 무재씨가 말했다. 엔진 소음이 상당해서 뭐라 뭐라 욕을 하며 달리는 것 같다고 내가 말했다. 버튼을 눌러서 창을 내려보았다. 일단 내려가고 난 뒤로 올라오지 않아서, 손으로 뽑아내듯 당기다가 포기하고 내버려두었다. 재미있었다. 바람에 머리칼이 마구 날리는 것마저 재미있었다. 신호를 대기하느라고 무재씨가 브레이크를 밟고 있을 때에는 차가 부들부들 떨었다.

떠네요!

떠는데요!

하며 둘이서 깔깔 웃었다.

이상하게 들떴다고 생각하면서도 유쾌했고 유쾌한 것이 유쾌해서 웃었다. 내가 말했다.

그런데 무슨 국물을 먹으러 가나요?

맑고 개운한 국물이라면 조개죠.

바지락?

바지락도 먹고 다른 조개도 먹고.

다른 조개요?

은교씨, 바지락 말고도 조개는 많아요.

가리비, 대합, 명주조개, 민들조개, 칼조개, 개조개, 돌조개, 참조개, 동죽, 모시조개, 하고 내가 들어본 적이 있거

나 들어본 적도 없는 조개 이름을 대면서 무재씨는 깜
박이를 켜고 차선을 바꾸고 속도를 줄였다가 높였다가,
하며 능숙하게 앞으로 나아갔다. 맑은 오후였다. 도장이
벗겨진 엔진덮개가 햇빛을 받고 끊임없이 반짝거렸다.

무재씨, 우리가 그걸 전부 먹나요?

전부 먹죠.

와.

좋아요?

네.

좋다니까 좋네요.

나도 좋아요.

이런 대화를 나누면서 도道 경계를 넘었다.

*

나루터에서 우리가 들어갈 섬의 지도를 받고 보니 얌전
하게 벗어둔 양말 모양을 하고 있었다. 북쪽과 동쪽에
나루터가 하나씩 있고 크고 작은 포구가 있으며 과거엔

염전도 많았으나 지금은 한군데를 제외하고 나머지는
모두 사라져서 흔적만 남아 있다고 적혀 있었다. 염전,
염전이래요,라고 말하고 있는데 배가 도착했다며 무재
씨가 시동을 걸었다. 느릿느릿 전진하는 앞차의 꽁무니
를 따라 유별나게 우르릉거리며 갑판으로 올라갔다. 배
로 이십여분이 걸리는 거리라 차 안에만 있을 수는 없어
갑판으로 나갔다. 배를 따라오는 갈매기들에게 과자를
던져주는 사람들과는 조금 떨어진 곳에 서서 점차로 멀
어지는 육지 쪽의 나루터를 바라보았다. 테트라포드가
쌓인 방파제 너머에서 자리가 부족해 이번 배에 오르지
못한 차들이 열을 이루고 있었다. 배는 스크루로 황토색
물살을 만들어내며 그저 천천히 나아가고 있을 뿐이었
는데 배 바닥 쪽에서 쾅, 쾅, 쾅, 쾅, 하고 뭔지 줄곧 부서
지는 소리가 났다. 무재씨와 나는 출발했을 때보다는 한
결 차분해진 상태로 난간을 잡고 섰다.

이 배도 낡았네요.

하며 뱃머리 쪽으로 이동해서, 점차로 다가오는 섬 쪽의
나루터를 바라보았다. 이쪽의 방파제는 조금 좁았고 두
갈래로 갈라지는 도로를 향해 경사져 있었다. 차로 돌아

가서 순서를 기다렸다. 배에 오른 순서와는 반대로 배에서 내렸다. 무재씨는 나루터 입구에서 망설임도 없이 오른쪽 길로 들어섰다. 좁은 비탈을 오르다가 바위가 많은 나지막한 산길을 지나서 바다를 오른쪽에 두고 달렸다. 해수면보다 낮아 보이는 논에서는 벼가 자라고 있었다.

여기 쌀은 바닷바람을 맞고 자라서 맛이 좋대요.

라고 무재씨가 말했다.

나는 창 밖으로 머리를 조금 내밀고, 불어오는 바람 때문에 눈을 가늘게 뜨며 바다를 바라보았다.

은교씨, 머리를 그렇게 내밀면 위험하죠.

바다가 보여서요.

더 근사하게 볼 수 있는 곳이 있어요.

우리 거기도 가나요?

가면 되죠.

국물을 먹고,라고 무재씨가 말했다. 좌우로 논이 펼쳐진 넓은 벌판을 지나서 자갈이 깔린 포구에 다다랐다. 개펄을 향해 뻗어나간 방파제 위에 나지막한 횟집들이 대여섯군데 문을 열어두고 있었다. 가장 바다 쪽으로 면한 횟집으로 들어가서 조개탕을 주문했다. 무재씨도 나도 날것은 먹지 못해서 회는 주문하지 않았는데 아침에 잡은 것이라며 주인이 생새우를 가져다주었다. 고소하고 다네요,라고 말하며 먹고 있을 때 조개탕이 나왔다. 볶음 솥처럼 커다란 냄비에 주먹만 한 조개들이 수북하게 담겨 있었다. 이것이 가리비, 이것이 대합, 이것이 개조개, 아니 참조개, ……개조개? 하며 무재씨는 다 벌어진 조개를 건져 내 접시에 놓아두었다. 조개만을 먹고도 충분히 배가 불러서 나는 식사를 마칠 때쯤 수저를 쥔 채로 조금 졸았다. 무재씨의 등 뒤로 바다를 향한 전면 창이 열려 있었고, 바다가 보이지 않을 정도로 멀리 물러난 자리에 개펄이 드러나 있었다. 고깃배 몇척이 개흙 위에 비스듬하게 얹혀 있었다. 무재씨, 밀물 때는 저기까지 물이 들어오는 걸까요,라고 묻자, 바로 앞까지 들어와요,라고 주인이 주방 쪽에서 고개를 내밀고 대답했다. 바로 창 앞까지 바닷물이 들어온다니 태풍이 불어오면 어떻게 되는 걸까, 모두 어떻게 되는 걸까, 그런 것을 생각하며 꾸벅꾸벅 졸면서 앉아 있다가, 햇빛에 붉은 기가 돌기 시작할 때쯤 방파제를 떠났다.

맛있었어요?

무재씨가 물었다.

이번엔 따끈하고, 개운했나요?

네, 맛있었어요, 따끈하고 맑고 개운했어요, 고마워요,
데려와줘서,라고 말하자 무재씨가 웃었다.

*

예전에 와봤거든요,라면서 무재씨는 섬의 서쪽 모서리
를 향해 차를 몰아갔다.

언제 와봤나요,라고 묻자 대학에 다닐 때 두어번,이라는
대답이 돌아왔다.

대학에 다닌 적이 있었어요?

다녔지만 금방 그만뒀어요.

빚을 져가며 배울 만한 내용은 아니라는 생각에,라는 대
화를 하며 차를 몰아 당도한 곳은 사찰이었다. 주차장으
로 진입하는 입구부터 산꼭대기를 향해 길이 경사져 있
었다. 차 두대가 간신히 엇갈려 지나갈 수 있을 만한 오
르막 양편으로 녹두전이며 나물이며 막걸리를 파는 허

172

름한 가게들이 늘어서 있었다. 두어군데 가게에서는 바깥에 화로를 내어두고 빙어전을 부치며 손님을 부르고 있었다. 단체로 절 구경을 하러 온 듯한 사람들로 좁은 길이 북적이고 있었다. 기름에 달걀 익는 냄새가 사방에 자욱했다. 무재씨와 나는 주차장에 차를 세워두고 사찰 입구를 향해 걸어갔다. 비바람에 빛바랜 일주문 앞에서, 검게 그을린 목장갑을 낀 여자가 지나가는 사람들에게 무언가를 나누어주고 있었다. 맛이나 보라며 그녀가 내게도 쥐여준 것은 밤이었다. 머리 부분에 칼집을 내 불에 구운 것이었는데 도토리처럼 조그맣고 껍질엔 반들반들 윤기가 돌았다. 먹어보니 맛있었다.

맛있어요?

너무, 맛있다고 말하자 무재씨가 비탈을 도로 내려가서 그 밤을 한봉지 사가지고 왔다.

딱, 딱, 껍질을 쪼개서 노란 알맹이를 꺼내 먹으며 열심히 비탈을 올라갔다. 올라가는 것이야 그냥저냥 올라가겠지만 내려올 것이 걱정될 만큼 가파른 길이었다. 걷느라 씹느라 숨 쉬느라 분주한 나를 저만큼 앞지른 무재씨가 은교씨, 하고 불렀다. 고개를 들고 바라보니 어딘지 쓸쓸해 보이는 얼굴을 하고 오르막 위쪽에 서서 이쪽을 내려다보고 있었다.

은교씨, 그렇게 맛있어요?

네.

······그게 뭐라고 그렇게 맛있게 먹어요.

얼른 오세요, 하며 기다리는 무재씨를 향해서 부지런히 걸어갔다.

사찰 마당에서 산꼭대기까지는 네차례 방향을 꺾는 돌 계단이 놓여 있었다. 백팔십개를 세고부터 머리를 비운 채로 다리만 움직여서 계단을 올라갔다. 종아리가 당겨 서 발을 들어 올리는 것조차 힘들어졌을 무렵, 정상에 다다랐다. 벤치를 서너개 박아둔 관망대 위쪽으로 계단 이 한단 더 이어져 있고, 높고 가파른 암벽에 둥글둥글 한 인상의 불상이 양각되어 있었다. 불상의 머리 위로 넓적한 바위가 버섯의 갓처럼 불쑥 튀어나와 있는 것을 바라보았다. 무재씨와 나는 불상 앞까지 올라갔다가 방 석을 깔아두고 기도를 드리는 사람들에게 방해가 될까 싶어 관망대로 내려왔다. 고양이,라고 누군가 외치는 소 리에 아래쪽을 내려다보자 새끼를 뱄는지 배가 불룩한 검은 고양이 한마리가 낙엽이 쌓인 급경사의 비탈을 능숙하게 내려가고 있었다.

관망대는 높은 절벽에서 바다 쪽을 향해 돌출되어 있었다. 해질 무렵이었다. 무재씨와 나란히 절벽의 불상을 등진 채로 앉아서 바다를 바라보았다. 바다가 연한 보랏빛을 띠고 있었다. 하늘은 파랗고 노랗고 붉은 빛을 조금씩 섞어둔 듯한 오묘한 빛깔로 다소간 흐릿하게 수평선과 맞닿아 있었다. 생각보다 멀리 떨어진 거리에 주차장과 섬의 도로가 내려다보였고 그 너머로 개펄과 염전이 보였다. 물이 아직 들지 않아 개펄이 멀리까지 이어져 있었다. 버려진 염전은 왠지 붉었다. 먼 바다를 향해 꿈에서 본 것처럼 띄엄띄엄 이어진 섬들은 송전탑을 하나씩 이고 있었다. 섬도, 송전탑도, 멀리 떨어져 있는데도 가까이 있는 듯하고, 바라보고 있는 동안 조금씩 사라지는 듯해서 눈을 뗄 수 없었다. 전류가 바다를 건너 어디로 이어진 것일까, 생각하고 있는데 무재씨가 한숨을 쉬고 말했다.

하늘이 굉장하네요.

네.

나는 이런 광경을 보고 있으면 인간은 역시 유별하다는 생각이 들어요.

유별이요?

시끄럽고 분주하고 의미도 없이 빠른 데다 여러모로 사납고.

……무재씨, 그건 인간이라기보다는 도시에 관한 이야기 같아요.

도시일까요?

하며 무재씨가 웃었다.

아무튼 이런 광경은 인간하고는 너무도 먼 듯해서, 위로가 되네요.

종아리에 지긋이 닿는 것이 있어 내려다보니 아까 전에 비탈을 내려간 고양이가 어느 틈엔가 올라와서 옆구리를 대고 서 있었다. 멀리서 봤을 때도 새끼를 밴 듯했던 배가 역시 불룩하고 단단하게 부풀어 있었다. 무재씨가 조심스럽게 고양이를 안아서 무릎에 올렸다. 거칠게 자란 털 속에 나무껍질이며 풀씨가 엉겨 있었다. 그중에 큰 것을 몇개 떼어내고 등을 쓰다듬자 눈을 가늘게 뜨고 자리를 잡았다. 산꼭대기나 다름없는 절벽 위에서, 무릎에 고양이를 올려둔 채로 등을 구부리고 앉아 있는 무재 씨를 보고 있자니 기분이 묘했다. 많지는 않으나 아래 쪽에서는 여태도 사람들이 불상을 향해 계단을 올라오고 있었다. 저런 곳에도 송전탑을 박아두었네요,라고 말하면서 무재씨는 멍하니 바다를 바라보고 있었다.

*

일주문을 향해 내려오는 동안 해가 졌다. 등을 뒤쪽으로 잔뜩 기울여야 올바로 걸을 수 있는 비탈을 내려와서 차에 다다랐을 때는 이미 사방이 어둑어둑했다. 빙어와 막걸리를 팔던 가게들의 절반은 그날 분량의 장사를 접는 중이었고 나머지 절반은 일찌감치 문을 닫고 불도 꺼져 있었다. 전조등을 켜고 비탈을 마저 내려와서 도로로 접어들었다. 두고 온 것이 있는 듯해서 옆 거울을 통해 뒤쪽을 바라보았다. 점차로 어두워지고 있는 섬의 도로 가장자리에서 전봇대가 이따금 뒤쪽으로 흘러갈 뿐이었다. 말이 부쩍 줄어든 무재씨의 곁에서, 자동차 엔진이 만들어내는 소음에 잠긴 채로 어두운 섬의 도로를 달렸다. 도시와는 다르게 가로등의 간격이 넓었고 그나마도 어느 지점을 지나서는 사라졌다. 바다라고 짐작되는 검은 것을 왼편에 두고 달렸다. 이따금 먼 바다에 뜬 오징어잡이 배의 불빛이 차 안까지 뻗어왔으나 언덕에 가리거나 해안으로부터 도로가 멀어져서 그런 순간은 길게 이어지지 않았다.

무재씨, 하고 내가 말했다.

배가 아직 있을까요?

있어요.

있겠죠?

마지막 배하고 그 이전하고, 두차례 남아 있어요.

충분히 갈 수 있다는 대답을 듣고도 나는 불안했다. 은교씨, 뭘 그렇게 걱정하나요, 너무 어두워서요, 밤이니까 어둡죠, 그게 아니고요, 너무 어두워서, 정말로 밝은 곳에 당도할 수 있을까, 하는 생각이 들어요, 왜 그런 말도 안 되는 생각을 해요, 말은 안 되는데요 무재씨, 자꾸자꾸 드네요, 그런 생각이, 하고 대화를 나누다가 전방이 나루터임을 알리는 팻말의 반사광을 보았다.

그거 봐요.

하며 나루터로 진입을 하는데, 불이 모조리 꺼져 있다는 점부터 심상치 않았다. 전조등으로 얼핏얼핏 드러나는 풍경이 배에서 내릴 때 보았던 것과 달랐다. 내릴 때에는 보지 못한 산 그림자가 오른쪽에 있었다. 배를 부르는 불빛도, 건너편 나루터의 불빛도 보이지 않았다. 배를 기다리는 다른 차들도 없이 어둡고 적막하게 우리뿐이었다. 한동안 영문을 모른 채로 머물러 있었다. 홀린 듯한 심정으로 앉아 있다가, 북쪽에 새로 나루터가 만들어져서 이제는 사용하지 않는다는 남쪽의 나루터를 떠올렸다. 죽었다는 나루터였다.

무재씨, 여기가 거긴가봐요.

갈림길에서 길을 잘못 든 것 같네요.

어떡하죠.

괜찮아요.

두개의 나루터 사이가 그다지 멀지 않다고 무재씨가 말했다. 요란한 소리를 내며 나루터를 한바퀴 돌아서 나왔으나, 그로부터 멀리 가지 못하고, 엔진의 수명이 다했다.

*

막막한 허허벌판에 솟은 가로등 부근이었다.

짤깍, 짤깍, 하고 비상등이 작동하고 있었다. 멍하니 앞
을 바라보았다. 먼지를 태운 듯한 냄새가 났다. 무재씨
가 먼저 문을 열고 바깥으로 나간 뒤에 나도 나갔다. 완
만하게 멈춰준 덕분에 차가 길 가장자리에 걸쳐져 있었
다. 엔진 덮개 틈으로 성글고 가느다란 연기가 몇줄 피
어올랐다가 흩어졌다. 밑으로 뭔가를 쏟아낸 듯 기름기
섞인 검은 것이 바닥으로 번지고 있었다. 무재씨가 엔진
덮개를 열고 안을 들여다보는 동안 나는 뒤쪽으로 걸어
가서 우리가 온 방향을 바라보았다. 달려온 방향과 가
야 할 방향이 모두 어둠에 잠겨 있었다. 번갈아 보고 있
다가 머리를 젖혀보았다. 어두운 밤 치고는 별이 보이지
않고, 달이 왼쪽으로 탁하고 붉고도 조그맣게 이지러져
있었다. 갯내 나는 바람이 불어왔다.

미안해요.

라고 무재씨가 말했다. 목소리는 작게 들려오는데 모습
이 보이지 않아서 차 앞쪽으로 돌아가 보았다. 무재씨가

두 손으로 턱을 괴고 범퍼를 들여다보는 듯한 자세로 앉아 있었다. 무심하게 생각에 잠긴 듯한 모습이었는데 가까이 다가가자 미안해요,라고 의기소침하게 말했다. 뭐가요 뭐가 미안해요,라고 묻자 이렇게 되어서 미안해요,라고 무재씨가 조그맣게 말했다. 뭐가 미안해요,라고 다시 말할 뻔했으나 그런 말로는 무재씨를 자꾸 조그맣게 대답하게 만들 뿐인 것 같아서 괜찮아요, 괜찮아,라고 말하며 무재씨의 등 뒤를 돌아서 자동차 측면으로 검고 넓게 펼쳐진 벌판을 향해 섰다.

높거나 반듯하게 솟은 것 없이 전체적으로 나지막한 것들만이 지면에서 솟아 있거나 완만하게 경사져 있었다. 벌판 너머로 벌판보다 더 넓게 펼쳐진 것의 기척이 느껴져, 정말 여기가 섬이로구나, 하고 생각했다.

뒤돌아서다가 무재씨의 그림자를 밟을 뻔했다. 무재씨는 여전히 엔진 덮개를 열어둔 채로 이제는 일어서서 덮개 속을 내려다보고 있었다. 묵묵히 생각에 잠긴 무재씨의 뒤꿈치로부터 짙은 빛깔로 늘어진 그림자가 주변의 것들과는 다른 기색으로 곧장 벌판을 향해 뻗어 있었다. 불빛의 가장자리에서 벌판의 어둠이 그림자를 빨아들이고, 그림자가 어둠에 이어져, 어디까지가 그림자이고 어디부터가 어둠인지 알아볼 수 없었다. 마치 섬 전체가 무재씨의 그림자인 듯했다.

무재씨.

하고 불러도 대답이 돌아오지 않았다.

묵묵히 수그러진 무재씨의 고개 위로 불빛이 번져 있었고 그 너머로 바로 어둠이 내려와 있었다. 막막하고 두려워 사발 모양의 가로등 갓을 올려다보았다. 여기는 어쩌면 입일지도 모르겠다는 생각이 들었다. 어둠의 입, 언제고 그가 입을 다물면 무재씨고 뭐고 불빛과 더불어 합, 하고 사라질 듯했다.

목덜미를 당기는 듯한 어둠을 등지고 무재씨 쪽으로 걸어갔다. 손을 잡아보자 손이라기보다는 무언가의 뼈를 잡은 것처럼 메마르고 차가웠다. 그렇더라도 이것은 무재씨의 뼈,라고 생각하며 간절하게 잡고 있었다.

무재씨.

무재씨.

걸어갈까요?

라고 말하자 나를 바라보았다.

182

……어디로?

나루터로.

……이렇게 어두운데 누굴 만날 줄 알고요.

만나면 좋죠, 그러려고 가는 거잖아요.

만나더라도 무재씨, 그쪽도 놀라지 않을까요, 우리도 누구라서,라고 말하자 무재씨가 고개를 기울이고 나를 바라보았다. 배는, 배가 없더라도 나루터 부근엔 사람들이 살잖아요, 걸어갑시다, 하며 손을 당기자 별다른 저항 없이 걷기 시작했다. 한줌 손에 이끌려오는 무게가 묵직한 듯 가벼워서 나는 쓸쓸했다.

불빛 바깥으로 얼마간 나아갔을 때쯤 잠깐만, 하며 무재씨가 차로 돌아갔다. 달려온 방향을 향해 삼각대를 세워두고 돌아왔다. 자동차를 향해서는 도와줄 사람을 만나는 대로 돌아오기로 약속해두고 무재씨와 손을 잡고 돌아섰다. 짤깍거리는 소리가 점차로 멀어졌다. 불빛이 미치는 범위를 벗어날수록 공기의 밀도와 바람결이 달라지는 듯했다. 이따금 뒤를 돌아보며 걸었다. 가로등 불빛 속에 덩그러니 차가 남아 있었다. 그림자 하나가 그 곁에서 흔들리고 있었다. 거리가 상당한 데다 어둠으로 바닥이 지워져 무재씨의 것인지 내 것인지 알아볼 수는 없었다. 갸름한 덩어리로 어떻게 해야 할지 망설이는 것처럼 서 있다가 천천히 이쪽을 향해 움직였다. 불빛의 가장자리에서 어둠으로 들어서고 나서는 몇차례 흔들리는 것이 보이고 난 뒤로 더는 보이지 않았다.

따라오는구나, 하고 생각했다. 따라오는 그림자 같은 것은 전혀 무섭지 않았다. 완만한 고개에 올라서자 멀리 떨어진 곳에 가로등이 보였다. 세개의 가로등이 또다른 모퉁이를 향해 점점이 이어지고 있었다. 그리로 내려갔다. 불빛의 조그만 언저리 바깥은 대부분 어둠에 잠겨서, 공중에 떠 있는 길을 둥실둥실 가는 듯했다. 귀신일까요, 우리는, 귀신일지도 모르죠, 이 밤에, 또다른 귀신을 만나고자 하는 귀신, 하고 말을 나누며 탁하게 번진 달의 밑을 걸었다.

어둠에 잠겼다가 불빛에 드러났다가 하며 천천히 걷고 있었다.

은교씨.

하고 무재씨가 말했다.

노래할까요.

여전히 난폭한 이 세계에

좋아할 수 있는 (것)들이 아직 몇 있으므로

세계가 그들에게 좀

덜 폭력적이었으면

좋겠다는

생각을 해왔는데 이 세계는

진작부터

별로 거칠 것도 없다는 듯

이러고 있어

다만

곁에 있는 것으로 위로가 되길

바란다거나 하는 초

자기애적인 믿음을 가지고 있는 것은 아니고

다만

따뜻한 것을 조금 동원하고 싶었다

밤길에

간 두 사람이 누군가 만나기를 소망

한다

모두 건강하고

건강하길

2010년 6월

황정은

| 다시 쓰는 후기 |

2009년 봄과 여름에 이 소설을 썼습니다.

정오까지 소설을 쓰고

오후엔 전철을 타고 용산으로 가서 용산역을 드나드는 사람들에게 용산참사,라고 적힌 전단을 건넸습니다. 아무것도 건네받지 않으려는 사람이 있었고 질색하는 사람이 있었고 뭔가를 묻거나 웃는 사람이 있었고 물을 나눠주는 사람도 있었습니다.

어떤 날에는

밀짚모자를 쓰고 횡단보도 앞에 가만히 서 있기도 했습니다. 손 팻말을 몸 앞에 세우고 밀짚모자 그늘 속에서 길 건너 남일당을 바라보다가 해질 무렵이 되면 길을 건너 만장輓章으로 둘러싸인 남일당으로 돌아갔습니다. 저

녁 일곱시가 되면 어디선가 사람들이 나타나 길바닥에 모였고 저도 그 틈에 앉아 있다가 밤이 되어서야 집으로 돌아갔습니다. 그것 말고 할 수 있는 것이 소설 쓰기밖에 없어 소설을 썼습니다.

『百의 그림자』를 쓰는 동안엔 끊임없이 전야前夜를 생각했습니다. 이 소설을 다 쓰고 다음 소설, 그다음 소설을 쓰는 동안에도 그 말을 생각했습니다. 당분간 모든 소설의 제목을 전야로 쓰고 싶다고도 생각했습니다. 사람들이 퇴로도 없이 갇혀 죽은 장소를 매일 보고 돌아왔기 때문에 그 말과 그 장소를 생각하는 일을 멈출 수 없었습니다.

『百의 그림자』를 쓰는 동안 저는 그래서 무척 조심해야 했습니다. 은교씨와 무재씨는 조심스럽게 대화를 해야 했고 저는 더 망설이면서 말을 골라야 했습니다.

조심하는 마음, 그것을 아주 많이 생각했고 그런 걸 세상에 보태고 싶었습니다. 얼마나 조심했는지, 은교씨와 무재씨의 대화에 누가 될까 싶어 책이 출간되고도 작가로 나서서 말할 기회를 아예 갖지 않았습니다.

십삼년이 흐르는 동안 소설 속 장소와 연결된 현실의 장소들도 변화를 겪었습니다. 종로 전자상가는 남아 있지만 예지동 일대는 재개발로 빈 골목이 되었습니다. 오무사처럼 빽빽하게 서랍이 쌓여 있던 전구 가게는 이제 그 자리에 없고

은교씨와 무재씨가 갇힌 석모도는 연도교로 육지와 연결되었습니다.

거의 십삼년이 흐르는 동안

세상의 폭력은 더 노골적인 쪽으로

그걸 감추는 힘은 더 교묘하게 감추는 쪽으로 움직여왔습니다만, 그간 전야를 생각하는 일과 조심하는 마음을 저는 단념하지 않았습니다.

꾸준히 소설을 읽어준 독자들 덕분이라고 생각하고 있습니다.

고맙습니다.

이 소설의 첫 출간과

복간을 도운 모든 분들에게도 감사 인사를 전하며,

2022년 1월에 씁니다.

평안하시기를.

百의 그림자

초판 1쇄 발행 • 2022년 2월 4일
초판 5쇄 발행 • 2024년 11월 21일

지은이 / 황정은
펴낸이 / 염종선
책임편집 / 이진혁
조판 / 박아경
펴낸곳 / (주)창비
등록 / 1986년 8월 5일 제85호
주소 / 10881 경기도 파주시 회동길 184
전화 / 031-955-3333
팩시밀리 / 영업 031-955-3399 · 편집 031-955-3400
홈페이지 / www.changbi.com
전자우편 / lit@changbi.com

ⓒ 황정은 2022
ISBN 978-89-364-3871-5 03810